Tucholsky Wagner Zola Scott Sydow Freud Schlegel
Turgenev Wallace Fonatne Twain Walther von der Vogelweide Fouqué Friedrich II. von Preußen
Weber Freiligrath Frey
Kant Ernst
Fechner Fichte Weiße Rose von Fallersleben Richthofen Frommel
Hölderlin
Engels Fielding Eichendorff Tacitus Dumas
Fehrs Faber Flaubert Eliasberg Ebner Eschenbach
Feuerbach Maximilian I. von Habsburg Fock Zweig Vergil
Ewald Eliot
Goethe London
Elisabeth von Österreich
Mendelssohn Balzac Shakespeare Dostojewski Ganghofer
Lichtenberg Rathenau Doyle Gjellerup
Trackl Stevenson Hambruch
Mommsen Lenz Hanrieder Droste-Hülshoff
Thoma
Dach Verne von Arnim Hägele Hauff Humboldt
Karrillon Reuter Rousseau Hagen Hauptmann Gautier
Garschin Baudelaire
Damaschke Defoe Hebbel
Descartes Hegel Kussmaul Herder
Wolfram von Eschenbach Dickens Schopenhauer Rilke George
Bronner Darwin Melville Grimm Jerome Bebel Proust
Campe Horváth Aristoteles Voltaire Federer
Bismarck Vigny Barlach Herodot
Gengenbach Heine
Storm Casanova Tersteegen Gilm Grillparzer Georgy
Chamberlain Lessing Langbein Gryphius
Brentano Lafontaine
Strachwitz Claudius Schiller Kralik Iffland Sokrates
Katharina II. von Rußland Bellamy Schilling
Gerstäcker Raabe Gibbon Tschechow
Löns Hesse Hoffmann Gogol Wilde Vulpius
Luther Heym Hofmannsthal Gleim
Roth Klee Hölty Morgenstern Goedicke
Heyse Klopstock Kleist
Luxemburg Puschkin Homer Mörike Musil
La Roche Horaz
Machiavelli Kierkegaard Kraft Kraus
Navarra Aurel Musset Moltke
Nestroy Marie de France Lamprecht Kind Kirchhoff Hugo
Laotse Ipsen Liebknecht
Nietzsche Nansen Ringelnatz
Marx Lassalle Gorki Klett Leibniz
von Ossietzky May
vom Stein Lawrence Irving
Petalozzi Knigge
Platon Kafka
Sachs Pückler Michelangelo Kock
Poe Liebermann
de Sade Praetorius Mistral Zetkin Korolenko

Der Verlag tredition aus Hamburg veröffentlicht in der Reihe **TREDITION CLASSICS** Werke aus mehr als zwei Jahrtausenden. Diese waren zu einem Großteil vergriffen oder nur noch antiquarisch erhältlich.

Symbolfigur für **TREDITION CLASSICS** ist Johannes Gutenberg (1400 — 1468), der Erfinder des Buchdrucks mit Metalllettern und der Druckerpresse.

Mit der Buchreihe **TREDITION CLASSICS** verfolgt tredition das Ziel, tausende Klassiker der Weltliteratur verschiedener Sprachen wieder als gedruckte Bücher aufzulegen – und das weltweit!

Die Buchreihe dient zur Bewahrung der Literatur und Förderung der Kultur. Sie trägt so dazu bei, dass viele tausend Werke nicht in Vergessenheit geraten.

Die gefälschte Göttin

Kurt Kluge

Impressum

Autor: Kurt Kluge
Umschlagkonzept: toepferschumann, Berlin

Verlag: tredition GmbH, Hamburg
ISBN: 978-3-8424-0841-8
Printed in Germany

Text der Originalausgabe

Die gefälschte Göttin

J. Engelhorns Nachf. Adolf Spemann
Stuttgart
[1936]

Im strömenden Regen eines späten Septemberabends mußte der Doktor Stellach, Beauftragter eines großen ausländischen Antikenmuseums, sein trockenes Abteil der eben fertig gebauten argolischen Eisenbahn verlassen und mißmutig in einem zähen Schlammbett entlangwaten, das ihm der Stationsbeamte als die richtige Straße nach Charwati bezeichnet hatte. Der Gedanke an Regenwetter war Stellach bei den Reisevorbereitungen in Athen nicht gekommen: Wochen, Monate hindurch hatte er, im gnadenlos weißen Sonnenlicht wandelnd, den unendlich feinen Staub Griechenlands geschluckt und nach Wasser gestöhnt, nach feuchten Wolken wenigstens – jetzt hatte er Wasser! Es plätscherte auf der zerweichten Straße, trieb Blasen auf den Pfützen, quietschte in seinen Stiefeln und trommelte auf seinen Hut, dessen Krempe trübselig herabhing. Der durchnäßte Gelehrte schob die Brille auf die Stirn – er war kurzsichtig, aber bei solchem Unwetter vermochte er ohne Gläser immer noch ein wenig mehr zu sehen: rechts vom Wege schien sich ein Maisfeld auszubreiten, links ein Ölbaumgarten. Unruhig spähte Stellach in das zerfließende eintönige Grau: war der dunkle Schatten dort drüben ein Regenschwaden oder vielleicht doch schon der Eliasberg?

»Zeit wäre es«, seufzte Stellach und stopfte sein Taschentuch zwischen Hals und Kragen, damit das Wasser nicht zu ungehemmt aus der Huttraufe den Rücken hinabrieseln konnte. »Wenn der verdammte Dunststreif der Hagios Elias ist, muß der ermordete Agamemnon gleich halblinks davor liegen. Ein gemütliches Gelände. Dieses Sauwetter paßt dazu. Jawohl, Orest und die Blutflecken in der Badstube« – Stellach schauerte zusammen – »es regt sich, kommt heran – nein, was sich da bewegt, sind verkrüppelte Ölbäume im Winde.«

Er blieb stehen und sah lange in den Nebel: Hinter den Ölbäumen andre Baumschatten … aber das Breite, Langgestreckte, das – ja, das mußten Dächer sein! Wo Dächer sind, wohnen Menschen, und Mensch, gut oder böse, ist besser als Gespenst – wenigstens in diesem heillosen Erdenwinkel.

Stellach hatte sich nicht getäuscht. Er stand am Dorfeingang. Der Wind blies noch einmal Regenschwaden gegen den fremden Mann, der sich hereinwagte in diesen von Göttern und Menschen verfluchten Bezirk, um seine weißen Schreiberhändchen auf die Zyklopenblöcke mit den undeutlichen dunklen Flecken zu legen. Aber Stellach scheute nicht wieder zurück: das größere unter den Dorfhäusern mußte nach der Beschreibung jenes Xenodochion sein, das die Deutschen seit Schliemanns Tagen das Gasthaus zur schönen Helena nennen.

»Was hilft mir das Gasthaus zur schönen Helena, dreimal verflucht – was hülfe mir Helena selber? Ich bin naß wie ein Meerschwamm, und meine Handtasche steht beim Stationsvorsteher!« rief Stellach verzweifelt.

Um nicht das Zerweichen auch seines wenigen Gepäckes erleben zu müssen, hatte Stellach die Reisetasche in der Stube des Bahnhöfchens zu treuen Händen des Beamten zurückgelassen und klinkte nun, ohne irgendein trockenes Kleidungsstück bei der Hand zu haben, die Haustür des Xenodochions auf. Mit einem Blick ließ sich das ganze Erdgeschoß des langgestreckten Gebäudes erfassen: wie in den antiken Wohnstätten ging dieser Raum durchs ganze Haus. Am einen Ende flackerte das Herdfeuer und beleuchtete – die einzige Lichtquelle im Gemach – ein Wandbrett mit Weinflaschen und Gläsern: es war richtig. Stellach befand sich im Gasthaus von Charwati. Zwei Wegebiegungen weiter, und er hätte in den Trümmern der Burg von Mykenä gestanden.

Mehr verzweifelt als erschöpft bemerkte Stellach die beiden Mädchen kaum, die am Herde geschafft hatten und nun erstaunt innehielten, um den triefenden Fremdling anzustarren, der wie eine Wassergottheit plötzlich aus der rauschenden Regennacht aufgetaucht war. Der gelehrte Mann aber sank auf die Bank an der Tür nieder und gab langsam, fast mit Genuß, eine sehr unwissenschaftliche Vorrede von sich: »Himmelkreuzbombenschockdonnerwetter.«

»Sei bedankt für den Gruß, willkommen, Herr«, beantwortete das eine der Mädchen in klangvollem Neugriechisch die ihr unverständliche Anrede aus dem dunklen Norden der Welt.

Stellach beschränkte seinen Dank auf einen grunzenden Urlaut und sah stumpfsinnig zu, wie im ungewissen Herdlicht das Wasser des Himmels schimmernd von ihm ablief, auf die Bank tropfte, von der Bank auf den Estrich rieselte und auf diesem Estrich in unheimlich kurzer Zeit einen ansehnlichen Teich um seine Stiefel herum erzeugte.

»Was nun?« – Stellach spiegelte sich in diesem Teich.

Aber sein eigener Anblick schien ihn gar nicht zu befriedigen: »O Helena, wie komme ich zu einem trocknen Hemde!«

Diese Anrufung Helenas half ganz unerwartet: »Ja Herr?« fragte das Mädchen, hing den Wasserkessel in den Kettenhaken und kam näher: »Woher kennst du mich?«

Leider fühlte der nasse Gelehrte jetzt eben bei einer unvorsichtigen Bewegung der Überraschung, wie eiskalt sein nasses Hemd an ihm klebte. Steif und starr hielt er die Arme vom Leib und murmelte: »Verdammt.«

»Er versteht unsere Sprache nicht«, sagte Helena zu dem anderen Mädchen, das am Herd stehen geblieben war. »Der arme Mann. Er ist ganz naß. Komm, Herr« – Helena zog ihn an seiner Rockklappe vom Sitz hoch.

Stellach verstand und sprach zwar ausgezeichnet Neugriechisch, aber in seinem derzeitigen Stumpfsinn fühlte er beim Aufstehen nichts als das niederträchtig naßkalte Anklatschen seiner Kleidung – er dachte gar nicht daran, in diesem eines Gelehrten unwürdigen Zustande zu denken, sondern beschränkte sich auf möglichste Vermeidung einer Verschiebung des nassen Hemdes auf seiner armen Haut und stelzte steifbeinig hinter Helena her.

Die Treppe zu den oberen Räumen führte außen am Haus hoch. Es regnete immer noch. Der Hof stand voll Wasserlachen. Vorsichtig tastete Stellach die ungefüge Treppenleiter hinauf und tappte in eine stockdunkle Kammer, deren Türe ihm Helena öffnete. Sie zündete eine Kerze an, schlug die bunte Ziegenhaardecke des Bettes auf und lief geschäftig hinaus. Stellach sah sich um. Die Fensterläden waren fest geschlossen. Nur eines der Fenster besaß noch Glasscheiben. Seufzend klopfte Stellach an den nackten Holzladen, knurrend zog er eine Schachtel mit zerweichten Zigaretten aus der Rocktasche und richtete vorwurfsvoll und ernstlich die Frage an Gott, was denn jetzt eigentlich werden solle. Helena schien es zu wissen – eben kam sie lachend mit einem schneeweißen weichen Wollmantel herein, legte ihn über den Strohstuhl, stellte ein paar rotlederne, mit dicken Quasten verzierte Griechenschuhe auf den Boden, machte dem fremden Mann, den sie ihrer Sprache nicht mächtig glaubte, mit Hand- und Armbewegungen vor, daß er rasch die griechischen Kleider anziehen solle, und verschwand.

Stellach strich mit der Hand über die weiße Wolle: »Trocken«, murmelte er, »trocken und warm.« In ihm dämmerte eine Möglichkeit auf, vielleicht doch nicht hungrig und nackt unter die kratzige Ziegenhaardecke kriechen zu müssen, bis seine Kleider getrocknet wären. Vorsichtig schälte er sich den Rock ab, dann die Weste, den Kragen – ein Stück Europa nach dem anderen legte er ab und stand schließlich so antik im Kerzenlichte der Kammer, daß er plötzlich mit Schrecken die halb offen gebliebene Kammertür wahrnahm. Eilends faßte der nackte Gelehrte die Klinke, zog, zog abermals – die Tür wollte nicht. Sie klemmte, wie auch Stellach zerrte. Nun, er war lange genug im Südosten und im Orient gereist, um zu wissen, daß der Mensch zu solchen Türen geduldig »Inschallah« sagt und ihnen den Willen läßt. Stellach legte den weiten Mantel um, zog die schönen roten Schnabelschuhe an, warf sein nasses Kleiderzeug über den Arm und stieg die Treppe am Haus hinunter, um das wärmende und nährende Herdfeuer aufzusuchen. Das Hochgefühl, dem Lurchdasein entronnen und ins Menschliche zurückgekehrt zu sein, gab ihm ein gut Teil seiner Geisteskräfte zurück. Griechisch von der Sohle, nicht bis zum Scheitel, aber doch bis zur Halsfalte seines Mantels, betrat der Vertreter der Altertumswissenschaft die Halle.

Helena stand über die Herdflamme gebeugt, drehte ein Huhn am Bratspieß und bestrich es mit Öl. »Nimm ihm die Kleider ab, Maritsa«, sagte sie und tauchte die Feder in den Ölkrug. »Häng sie über die Leine.«

Aber Maritsa war übermütig: »Nein, Helena! Nein! Er muß doch frieren ohne Kleider!«

»Die nassen Kleider mein ich«, lachte Helena.

Sieh da, sagte sich Stellach, die Mädchen denken, ich verstehe ihre Sprache nicht. Er beschloß, die ihm zugewiesene Rolle des Taubstummen bis auf weiteres beizubehalten, zog schweigend, ohne eine Miene zu verziehen, den Schemel zum Herd, raffte kunstvoll seinen Hirtenmantel und setzte sich. Der Duft des Brathuhns stieg ihm lieblich in die Nase. Er zeigte stumm auf den Braten, dann auf sich und blickte Helena fragend an. Sie nickte ihm lachend zu. Dabei fielen ihr ein paar lose Haarsträhnen ins Gesicht. Der Schein des Herdfeuers flackerte in ihren Augen. Stellach sah Helena an. Die Schönheit hatte er eigentlich nur in Stein und Erz entdecken gelernt, und wenn ihn einmal lebendige Schönheit anstrahlte, so war sie dem Gelehrten bis zu dieser Stunde doch nie mehr gewesen, als die erfreuliche Bestätigung der alten Bildwerke durch vergängliches Fleisch und Bein. Ob nun das jähe Glücksgefühl des Geborgenseins bei solchem Unwetter und in diesem grausigen Winkel von Argos sein Herz auflockerte, ob ihm die flackernde Beleuchtung in der abenteuerlichen Umgebung die Augen öffnete – Helena schien ihm schöner zu sein als irgendeiner seiner alten Steine. Unverwandt starrte er das Mädchen mit dem gefährlichen Namen an: Stirn, Nase, der Schnitt ihrer Augen – herrlich! Nur an der rechten Seite des Kinns störte eine kleine Narbe die vollkommene Klarheit dieser lebenden Antike. Unbewußt bog er seinen Kopf etwas seitwärts, bis er die Narbe mit seinen verwöhnten Archäologenaugen nicht mehr sah. Er hielt auch die Hand fachmännisch probend ins Bildfeld, damit sich ihr Kopf rein von der Umgebung abhöbe – Stellach benahm sich in dieser Halle am Herd, als ob er in seinem Museum wäre. Was er vermißte, war nur ein Sockel unter diesem Bildwerk, ein Sockel mit Inschrift aus der besten Zeit. Was ihn störte, war das unnütz viele Gewand.

Maritsa hing eben die nasse Weste des Gelehrten auf die Leine und beobachtete ihn, wie er mit dem Kopf vogelartig hin und her ruckte und Helenas Gesicht studierte.

»Warum lachst du denn, Maritsa?« fragte Helena.

»Merkst du nicht, wie er dich ansieht?«

Helena streifte den Fremden mit einem Blick.

»Du«, fing Maritsa wieder an und breitete sorgfältig Stellachs Hemd auf der Leine aus, »du – der liebt dich.«

»Schaf«, antwortete Helena, tauchte die Gänsefeder ein und bestrich das Huhn mit Öl.

Unerhört, dachte Stellach gekränkt, aber schwieg erwartungsvoll weiter.

»Möchtest du ihn heiraten?«

»Gott ist mit mir.«

Nein, sagte jetzt Stellach zu sich, ihre Schönheit kommt nur vom Licht: das Herdfeuer macht sie schön.

»Schade«, seufzte Maritsa.

»Was ist schade?«

»Daß er mich nicht ansieht. Ich würde ihn heiraten von der Stelle weg.«

Eine recht angenehme Erscheinung, dachte Stellach und lugte verstohlen zu Maritsa hin – wie's scheint, etwas albanesischer Einschlag ... freilich – sein Blick hing wieder an Helena, die eben jetzt mit einem Palmblatt das Feuer anfachte, im aufglühenden Licht strahlte und lachte: »Schäme dich, Maritsa. Das werd' ich dem Spiros sagen!«

»Läßt mich dein Bruder nicht auch sitzen?!«

Helena hörte auf zu fächeln und wandte sich um: »Aber Maritsa.«

»Hat er sich etwa nicht in eine andere verliebt?!«

Jetzt ließ Helena das Huhn braten, wie es wollte: »Was fällt dir ein! In eine andre?«

»In das grüne Weib! Oder ist er nicht bei der seit drei Tagen und Nächten!«

Unwillig drehte Helena den Bratspieß um: »Rede kein dummes Zeug!« Sie warf ein paar Hände voll Holzkohlen in das Herdloch; der Schein verglomm, und halb für sich sagte sie: »Für Liebe ist die da drüben zu kalt.«

Stellach besah sich gedankenvoll das Huhn, welches, taubstumm wie er, eben auf dem Höhepunkt des Gebratenseins anlangte: Was schwatzen die Mädchen? Ein grünes Weib? Zu kalt für Liebe? Er nickte ... ich bin in der Argolis ... auf Gespenstererde ...

Er kam nicht weit mit seinen Überlegungen. Helena hatte das Huhn vom Feuer genommen und richtete mit geschickten Händen den Tisch, brachte Brot, gedörrte Erbsen, gelben Wein. Speise und Trank taten ihm wohl, aber satt zu werden an diesem Tag hat ihm sein Schicksal doch nicht gegönnt: der Mensch kommt nicht in die Argolis, um zu sich zu kommen. Stellach hatte eben die Hühnerbrust verspeist und machte sich an die Keulen, als Maritsa rief: »Das ist Spiros!« Schritte waren zu hören, vor der Tür schüttelte jemand seine nassen Kleider aus. Maritsa öffnete und fiel einem jungen Menschen in die Arme. Einem Hirten wohl, dachte Stellach und blickte bewundernd auf die schlanke biegsame Gestalt. Als er neben Helena stand und sie mit blitzenden Zähnen anlächelte, sah Stellach, daß Bruder und Schwester sich begrüßten, so ähnlich waren sie einander.

»Kalós oríssate«, sagte nun Spiros zu Stellach.

Eben wollte der Gelehrte »kalí spéra« antworten, als Helena zu ihrem Bruder sagte: »Der Fremde versteht unsre Sprache nicht.« Ehe sich's Stellach versah, war er wieder zum Taubstummen erklärt und hörte nun, schweigend und kauend, dem Gespräch der anderen zu – mit dem Kauen freilich war es bald vorbei: der Bissen blieb ihm vor Schreck im Halse stecken.

»Du kommst wieder so spät«, sagte Maritsa vorwurfsvoll.

»Gut, daß du hier bist!« rief Helena. »Maritsa hat sich in den Fremden verliebt.«

»Na«, lachte Spiros, »vor dem habe ich keine Angst.«

»Aber ich habe Angst. Vor deiner Frau drüben, die dich nicht fortläßt.« Maritsa hing sich an ihn.

»*Meine* Frau«, seufzte Spiros. »Wenn sie mir nur gehörte! Dann könnten wir gleich heiraten, Maritsa. Aber der Jannis ist beim Graben auf sie gestoßen. Nicht ich. Der bekommt das meiste. Ich habe bloß beim Heben geholfen in den drei Nächten.«

Stellachs Herz setzte einen Schlag aus. Er wurde blaß bis in die Lippen. Mit den Händen fuhr er auf dem Tisch herum, ließ die Gabel fallen, wollte sie aufheben, warf dabei das Weinglas um, sprang auf. Spiros bückte sich. Stellach bückte sich auch, richtete sich wieder auf, starrte abwesend die Gabel an, die ihm Spiros gab. Er fühlte den verwunderten Blick Helenas. »Danke«, murmelte er. Maritsa trocknete den Wein auf. Stellach beugte sich tief über den Teller, steckte ohne zu schmecken einen Bissen nach dem andern in den

Mund. Seine Hände zitterten . . . eine Antike . . . mein Gott, die haben eine antike Statue ausgegraben – in drei Nächten, in der Argolis . . . eine grüne Statue, ein Erzbild also, ein weibliches . . .

Spiros setzte sich an den Tisch, trank ruhig seinen harzduftenden Wein und ließ sich den Ziegenkäse schmecken.

»Wann kommt denn der Lord?« fragte Maritsa und zermahlte mühsam die Kaffeebohnen.

»Gar nicht«, antwortete Spiros kauend. »Jannis sagt, es ist besser, wenn wir die Figur nach Athen schaffen. Zu Loverdo. Der handelt mit solchen Dingern. Gib mir noch ein Stück Brot, Maritsa. Und einen Krug Wein müßt ihr raufholen. Jannis kommt nachher. Er will nur noch den Schuppen aufräumen und die Figur zudecken.«

Stellachs Gedanken wirbelten. Wer ist Loverdo? Und ein Lord? Was soll ich tun? Soll ich plötzlich griechisch zu Spiros sagen, ich – ich sei auch ein Lord, der Statuen sucht? Eine Regenwelle schlug scharf an die Fenster. Im Kamin über dem Herd fauchte der Wind. Die Flammen lohten in den Windstößen auf, als ob sie atmeten. Helena stand am Feuerloch und stocherte gedankenlos mit dem Eisen in den Kohlen. Sie war ganz unbewegt, und doch sah Stellach ihr Antlitz im wechselnden Flammenodem aufleben und schimmern wie die alten Steinbilder dieses Landes, wenn sie lebendig wurden im wandelnden Scheine der Sonne und des Mondes und der griechischen Kerzenlampen. Solch ein Weib müssen sie gefunden haben . . . Eine Nike? Eine Flötenspielerin? Oder Aphrodite selbst? Hieß Aphrodite denn Helena? . . . Verwirrt sah Stellach von dem Mädchen weg in die Glut des Herdlochs. Er sah, wie die Flammen züngelten, sich tanzend wandten, spielend verschlangen, wie sie sich leise singend formten zu einem erzen glühenden Bild, zu einem Weib, geschaffen vor Jahrtausenden – und auferstanden vor drei Nächten in der Argolis . . . da draußen in dem furchtbaren Regen, irgendwo unter einem elenden Dach mußte die Göttin liegen.

Maritsa flüsterte Helena etwas ins Ohr. Die Mädchen lachten leise.

Über mich, dachte Stellach. Natürlich. Ich benehme mich wie ein Verrückter.

»Gute Nacht«, sagte er plötzlich, stand auf und ging hinaus. »Allein sein muß ich«, murmelte er auf der Treppe, »Sammlung brauch ich. Überlegung.«

Ruhelos ging er auf den weichen Sohlen seiner Griechenschuhe in der Kammer auf und ab, den weißen Mantel gerafft – der alte eiserne Leuchter hat nie einen so tief in seiner Seele aufgewühlten Gast beschienen. Stellach wischte Schweißtropfen von seiner Stirn. Er begriff genau, daß mit einem Schlage ungeheure Verantwortung auf ihn gelegt worden war: »Zwei Wege kann ich jetzt erkennen«, sagte er sich. »Ich benachrichtige die Behörden. Dann ist der Fund gesichert. Aber verloren für mein Museum. Sage ich nichts – hat vielleicht morgen der Lord die Venus.«

Er stieß den einen Fensterladen auf. Aus den Fenstern der Halle fielen schwache rötliche Lichtstreifen auf die Straße. Stellach hörte Lachen, summenden Gesang, hin und wieder ein paar leise Schläge auf die Handtrommel, Er nickte seufzend und verstand: sie wollten ihn nicht stören im Schlaf – oh, er würde in diesem Leben nie mehr ein Auge zutun, wenn er das Götterbild, auferstanden fast vor seinen Füßen, nicht festhalten konnte mit klammernden Armen – er atmete tief, preßte die Fäuste auf die Brust. Der Regen spritzte ihm ins Gesicht. Da erschallte das Lachen unten lauter. Die Hoftür der Halle mußte geöffnet worden sein. Rasch blies Stellach die Kerze aus und warf sich auf sein Bett. Durch die halboffene Tür huschten die Lichtscheine des Leuchters, den Maritsa in der Hand hielt. Stellach hörte eine zweite Männerstimme – »das ist dieser Jannis«, ächzte er. Die Mädchen lachten, sagten Gute Nacht. Schwatzend kamen sie die Treppe herauf. Der Lichtschein glitt huschend an der Kammerwand hin. Stellach sah den Tisch im Licht, die braune Wasserkanne, den Fensterrahmen. Jetzt blitzten fallende Regentropfen vor dem schwarzen Nachtgrund des offenen Fensters auf. Nun alles dunkel. Tiefe Stille.

Leise erhob sich Stellach und ging zum Fenster. Er sah nur die Lichtvierecke, in denen die Perlen des Regens straff nach unten schossen. Die Stimmen der beiden Männer klangen gedämpft. Er horchte, bis ihm der Kopf schmerzte. Nichts war zu verstehen. Vielleicht war das Hallenfenster nach dem Hof zu offen. Auf den Zehen ging er über den kleinen Vorsaal und trat, des Regens nicht achtend, auf die Treppe hinaus. Die zwei untersten Stufen waren hell.

»Dort kann ich sie wenigstens sehen«, murmelte Stellach und stieg vorsichtig Stufe um Stufe hinab. Ganz Charwati müßte zusammenlaufen, meinte er, so laut knarrten die morschen Stufenbretter der wie eine gewöhnliche Leiter offen gezimmerten Treppe. Endlich stand er so, daß er in die Halle hineinsehen konnte, wenn er sich weit vorbeugte. Da saßen sie und tranken Wein und redeten. Stellach bückte sich, so tief er konnte, um dem Fenster möglichst nahe zu kommen – im Eifer achtete er nicht der einseitigen Belastung der Stufe, deren knisterndes Ächzen ihn längst zur Vorsicht hätte mahnen müssen. Nur noch eine Handbreit näher, dachte er – da brach mit einem Krach die Stufe durch, Stellach fiel, klammerte sich am Fensterladen fest, der jedoch ebenfalls nicht auf die Last eines deutschen Gelehrten berechnet war. Der obere Stützhaken des Ladens löste sich mit lautem Knall, und Stellach fiel nun ohne weiteren Aufenthalt durch die offene Treppe hindurch. Tief war der Fall nicht. Auch hart war er Gott sei Dank nicht. Stellach fiel längelang in den sanften Morast des Hofes. Ehe er sich aufrichten konnte, stürzten die beiden Männer aus der Tür, durch die nun ein breiter Lichtschein fiel – gerade auf den Fremdling im Sumpf. Oben auf dem Treppenabsatz erschien Maritsa und sah, die Hände erschrocken an die Wangen gelegt, in die Tiefe. Jetzt kam auch Helena, die offenen Mundes, ohne sich zu regen, ebenso wie Spiros und Jannis auf die Erscheinung unter ihrer Treppe starrte – sie war wirklich sehenswert: ringsum schwarze Nacht, im Lichtkegel aber strahlend weiß der Hirtenmantel, und auf diesem Mantel lag – wie seinerzeit Adam, als ihn der Herr begutachtete – der Doktor Stellach. Im Hinschlagen hatte sich der Mantel geöffnet. Daß die gesamte europäische Kleidung des Gelehrten auf der Leine am Herd hing, wurde bereits berichtet. So lag er denn mit nichts als einer Brille versehen wie ein Osterlamm auf dem weißen Mantel. Hätte er wenigstens auch die Brille auf die Leine gehängt, so brauchte er nicht die beiden Mädchen über sich zu sehen – was sollte Adam tun? Nichts blieb ihm vorläufig übrig, als sich umzudrehen und der argolischen Nacht seine Rückseite darzubieten.

Aber er kehrte diese Rückseite zugleich der anwesenden Menschheit zu – mit einem furchtbaren Fluch: »Jetzt wird Gelächter losbrechen ... Allmächtiger, wie komme ich in mein Bett ...« Aber das war europäisch gedacht. Stellach lag im Angesicht griechischer Menschen in seinem Sumpfe, und die haben noch nicht vergessen, daß Gott den Menschen ihm zum Bilde schuf. Sie sahen nicht einen unbekleideten Doktor der Philosophie, sondern nur einen ausgerutschten Menschensohn. Hilfreich liefen sie herbei. Spiros richtete den Elenden auf, Jannis schob den Vertreter des Geistes aufs Trockene, Helena zerrte den weißen Mantel aus dem Morast, und Maritsa erschien mit einem neuen Gewand – ein zweiter Hirtenmantel war nicht aufzutreiben, aber doch wenigstens eine Decke, eine starre große schwarze Ziegenhaardecke mit schönen gelben und roten Streifen drin. Stellach hatte heute seinen Tag der Verwandlungen – einen jener Tage, die das Leben so sauer machen, weil der Mensch – dumm durch Wandlungen laufend – fragen muß, was er denn nun wirklich darstelle, was eigentlich echt sei an ihm. Der taubstumme Hirt, bis an die Ohren in die schwarzbunte Decke gewickelt, stand plötzlich als drohendes Götzenbild in dieser Halle unweit der offenen Gräber von Mykenä. Die Öllampe flackerte im Zugwind. Jannis schloß die Tür und lachte sorglos: »Hole einen Krug von dem braunen Wein. Den schweren, Maritsa. Der bringt den Fremden wieder zu sich.«

Aber er sollte nicht lange lachen: »Zu wem?!« rief Stellach – und jetzt brachte er seine Worte in unheimlich klarem und verständlichem Griechisch vor: »Zu wem?! Zu mir soll ich gebracht werden? Zu der Figur will ich, die ihr ausgegraben habt, Jannis! Zu dem Weib aus Erz, Spiros!«

Brillenfunkelnd zitterte der blasse Kopf auf der schwarzbunten Deckensäule: »Loverdo! Wer ist Loverdo! Lord! Was für ein vermaledeiter Lord! Glaubt ihr, daß ich umsonst durch die Treppe gefallen bin in dieser Nacht?! Das Erzweib! Die Figur! Wo habt ihr sie?!«

In seiner Angst würfelte er die Worte durcheinander. Stellach sah im Geiste die geblähten Segel einer flüchtenden Barke – unter Fässern und Säcken versteckt die neue Göttin. Ein Hagel von Goldstücken ging auf sie nieder – mein Gott: sind das Dukaten, Livres, Rubel, Sovereigns ...

Die vier Griechen starrten auf den Stummen, der plötzlich in ihrer Sprache redete. Jannis sah Helena an: »Du hast gesagt, er versteht uns nicht.«

Das Mädchen schüttelte nur ungläubig lächelnd den Kopf, ohne die Augen von Stellach zu wenden: er ängstete sich um ein Bild beinahe so wie sie um eine lebendige Ziege, die sich in den Klüften verstiegen hatte: »Er redet wirklich wie wir«, sagte sie leise zu Maritsa.

Stellach hatte Jannis und Spiros an den Armen genommen: »Hört zu. Ich habe eure Worte genau verstanden. Ihr habt eine Statue gefunden. Nein – schweigt, kein Wort! Ihr *habt* sie! Wir wollen gescheit und gute Freunde sein. Verkauft sie mir. Mein Gold ist so gut wie englisches, russisches und sonstwelches. Zeigt sie mir.«

Jannis kratzte sich hinter den Ohren, schüttelte den Kopf: »Sie ist schon versprochen –«, begann er.

»Aber noch nicht verheiratet – ich will sie haben.«

Jannis sah den Spiros an, Spiros die Maritsa, Maritsa die Helena – Helenas Augen aber hingen an dem fremden Mann. Sie nickte ihm zu: bangte er doch um ein Bild, als ob es fast so viel wert wäre wie ein lebendiges Wesen. »Er hat ein Recht auf die Figur«, sagte sie zu Jannis, »zu Tode hätte er sich stürzen können wegen ihr.«

Jannis besann sich. Dann gab er Stellach die Hand: »Gut denn, Herr. Du sollst sie sehen. Morgen aber wäre sie fort gewesen.«

Stellach atmete auf. Er strahlte und machte Miene, Jannis um den Hals zu fallen: »Ich bin immer ein Mensch der zwölften Stunde gewesen!«

Helena sah ihm nach, wie er zur Tür lief: »Dann ist's zu spät: Mitternacht ist lange vorüber.«

»Nur nach griechischer Zeit!« rief Stellach im Hinauseilen zurück. Die Tür schloß sich hinter den drei Männern.

»Gibt es denn noch eine andere Zeit?« fragte Maritsa verwundert.

Helena sah versonnen vor sich hin: »Sicher, Maritsa. Würden sonst die fremden Männer zerbrochenen Bildern von Frauen nachlaufen?«

Mühsam keuchte Stellach hinter den scharf ausschreitenden Männern her. Der Weg war aufgeweicht. Er mußte von Stein zu Steinbuckel springen. Endlich standen sie vor einer Öffnung in der mannshohen Kaktushecke, die den Weg säumte. Jannis wies auf einen alten Schuppen aus Brettern und sah den Fremden an: »Da drin, Herr . . .«

»Laßt mich allein zu ihr«, bat Stellach leise.

Jannis nickte und stieß einen Holzstift in das Loch des Türgewandes. Auf den Zehen trat Stellach ein. Der Raum roch moderig und war stockdunkel. Nichts zu erkennen. Nur durch ein weidenvergittertes Fensterloch fiel ein ungewisser Schimmer der Nacht. Stellach strengte die Augen an, tastete gradaus – da raschelte etwas.

Er erschrak.

»Ist jemand hier?« fragte er leise.

Totenstille. Er stand eine Weile reglos, wagte noch einen halben Schritt. Da bewegte es sich wieder. Stellach fuhr zusammen, horchte, drehte langsam den Kopf nach der Tür zurück . . . »Es ist einsam hier« . . . Der Wind summte draußen – jetzt hörte er es ganz deutlich: das Rascheln kam von der Wand unterm Fensterloch her. Stellach starrte in das Dunkel. Ein schwarzer Schatten, langgestreckt . . . da muß sie liegen . . . »mein Gott, sie – sie bewegt sich« – Stellach wollte aufschreien. Grell fiel plötzlich ein Mondstrahl durch das Fenstergitter: silberweiße Lichtvierecke lagen zitternd auf einem naßtropfenden Tuch, das sich an die Formen eines Körpers schmiegte und dort, wo der nasse Fetzen die Brust verhüllte – dort saß eine große Ratte. Geduckt. Blitzschnell bewegte sie den Kopf. Sah Stellach an. Die Äuglein blitzten im Licht wie schwarze Knöpfe – ein Husch, und sie war verschwunden.

Stellach wischte über sein Gesicht. Es würgte ihm im Halse. Zaghaft trat er näher, faßte nach dem Tuch. Das Mondlicht hellte die Schatten auf: er erkannte weibliche Formen – die Brüste, den Leib, die Schenkel. Stellach ging ans Fußende, stellte sich so, daß er beim Aufheben des Lakens den Kopf sehen mußte – nun hob er das Tuch, ganz langsam, als ob er sie nicht wecken wollte – –

Da lag das Erzweib, strahlend, ruhevoll und lächelte ihn an, eine Gottheit, selig in Vollendung. Stellach hatte das Gefühl zu schwanken, er schloß die Augen, öffnete sie vorsichtig wieder – wirklich, da lag sie und lächelte ihn an, wie sie zum erstenmal gelächelt hatte vor zweimal tausend Jahren … er stand vor einem unfaßbar kostbaren Werk aus großer Meisterhand der größten Zeit. Mit bebenden Händen hob er das Laken weiter. Am erzenen Körper glitzerte im Mondlicht die Feuchte des Tuches wie Tau –

Stellach sank an dem Bilde nieder, kniete in der Wasserlache, umklammerte den Leib. Er lehnte seinen Kopf an die Hüfte der Göttin – kühl, ganz kühl, köstlich drang die Götterfrische in sein Blut – alles, was Stellach erhofft als Aufstieg und gewittert als Gelehrtenruhm – ah, viel mehr als solcher Bettel: alles, was er als die Erfüllung der Schönheit auf dieser ewig Samen und Ernte fressenden Erde in Traum und Wachen sah – das hielt er jetzt und hier umschlungen mit seinen beiden Armen. Wie lange er so gelegen hatte, wußte er später nicht mehr. Eine Hand legte sich auf seine Schulter, die Bronze blitzte im Scheine einer Laterne – »Herr, steh auf«, sagte Jannis.

Spiros sah den Fremden mitleidig an.

Ja, aufstehen – mühsam erhob sich Stellach aus der Wasserlache, in der er gekniet hatte, ohne es zu fühlen. Jetzt aber, im schwankenden Laternenschein, fiel sein Blick auf das Spiegelbild in der Pfütze: in das verstörte Gesicht eines nackten blassen Menschen, dem die Decke von der Schulter rutschen wollte, und hart neben seinem Gesicht sah er den Griechenkopf des Spiros im Wasserspiegel – so edel und groß geschnitten, als ob er ein Bruder der auferstandenen Göttin wäre – er ist doch ihr Bruder: Die Angst vor dem blassen Gesicht daneben packte Stellach, er trat in die Pfütze, daß sie aufspritzte – die Bilder verschwanden:

»*Mir* gehört sie« – Stellach sprach heiser.

»Mir, Herr« – sachte löste Jannis die Hände des Gelehrten von dem Erzbild, warf das Tuch über die Bronze – »komm.«

Die beiden Griechen nahmen ihren Freund in die Mitte. Jannis henkelte ihn sogar ein. Das war gut, denn Mitte Wegs fragte Stellach plötzlich: »Du, Jannis -- was hat sie eigentlich in der Hand?«

»Wer?«

»Das Erzweib.«

»In der Hand? Gar nichts hat sie, Herr.«

»Leere Hände?« Stellach wollte umkehren, aber Jannis hielt ihn fest. »Ins Haus. Du wirst sonst krank, Herr.«

»Aphrodite mit leeren Händen«, murmelte er vor sich hin. Er war schon halb im Traum und wollte, als sie im Haus waren, doch nicht zu Bette, setzte sich an den Herd und bat Spiros, ein paar Holzkohlen nachzuwerfen. Fröstelnd wickelte er sich in die Decke und sah seine Kleider an, die vor ihm auf der Leine hingen. Es hatte den Anschein, als ob er am Feuer sitzend auf das Trocknen warten wollte. Kleider waren ihm jetzt auch wirklich nötiger als je: »Denn was bin ich ohne Kleider?« Wahrlich nicht viel – das begriff Stellach in dieser Nacht und betrachtete ungeduldig die merkwürdigen Gewebe, welche Leute machen aus Menschen, Leute, die sich bewegen und umtun können.

»Lege noch mehr Kohlen nach, Spiros. Das Lumpenzeug trocknet schneller.«

Drei Hände voll warf Spiros in den Herd, sagte »Gute Nacht« und ging.

Auch Jannis wollte sich verabschieden, aber Stellach griff nach seiner Hand und hielt ihn fest: »Verkaufe mir die Figur.«

»Ich darf doch nicht« – Jannis machte ein unglückliches Gesicht – »dem Loverdo gehört sie. Das ist schon unterschrieben und mit Geld besiegelt.«

Stellach stand auf: »Und Loverdo verkauft sie nun einem Lord? So bin ich um zwei Tage zu spät gekommen!«

»Herr, ich will dem Loverdo sagen, daß du die Figur schon gesehen hast. Du wärst fast verunglückt wegen ihr, will ich ihm sagen. Er soll sie dir zuerst anbieten.«

Stellach gab ihm die Hand: »Halte Wort, Jannis.«

»Aber niemand darf von dem Fund wissen«, hat Loverdo gesagt. »Gute Nacht, Herr.«

Stellach, nackt in eine Decke gewickelt und völlig handlungsunfähig, sah ein, daß für ihn in diesem Augenblick nicht mehr zu erreichen war. Sorgenvoll überdachte er die Lage. Mit einem Schlag war er in einen jener Händel verwickelt, bei deren Austrag zu damaligen Zeiten Staatsgesetze von gewitzten Leuten umgangen werden konnten – wenn die List gelang. Heute soll das ja Gott sei Dank anders sein. Damals aber schien eine doppelte Fliehkraft der Habsucht und der Sehnsucht die Werke aus ihrer Heimat in eine unbegrenzte Ferne zu schleudern. Besitzwahn trieb sie wie Staubkörner um den Erdball.

»Die ewige Wanderschaft der Werke«, murmelte Stellach. Aus dem Herd wehte eine wohlige Wärme. Sie tat ihm gut nach der Mühe dieses Tages. Gedanken spannen Träume, und die Träume endlich brachten ihm den Schlaf.

Durch das Weinlaub des Vordachs drangen schräge Strahlen der ersten Morgensonne und spielten auf Helenas Händen, die rastlos Maiskörner aus den raschelnden Kolben lösten. Perlend fielen die goldenen Kugeln in die Tonschale. Helena lächelte, sah nicht hin auf ihre Arbeit. Der fremde Mann richtet sich nach einer anderen Zeit? Nein, nein. Ist ihre Morgensonne nicht auch seine Morgensonne? Als sie vorhin mit dem Bündel Maiskolben durch die Halle kam, hatte er noch am Herd gesessen und geschlafen. Sie war stehen geblieben, auf den Zehen näher gegangen. Er hatte gelächelt im Schlaf – wie mag es in seiner Heimat sein, wo die großen Häuser stehen und die Menschen so reich sind? Helena körnte ihren Mais und sann. In der Halle drin war es still geblieben. Nur einmal hatte er gerufen. Einen Namen. Helena hatte die Schale beiseite gestellt und gelauscht. Gern wäre sie hineingegangen, aber er hatte nicht ihren Namen gerufen. Doch wie ein Mädchenname hatte es geklungen – wen rief der Fremde im Schlaf?

Nach Helena nicht – »Aphrodite« hatte Stellach gerufen – so hatte ihm denn auch niemand antworten können: hier bin ich, Herr – woher kennst du mich? Mit wüstem Kopf war der Gelehrte aus unruhigem Schlaf hochgefahren: »Mein Museum? Nein ... hölzernes Gebälk ... ein griechischer Herd – Aphrodite!!« Stellach hatte seine Kleider von der Leine gerissen. Gräßlich kalt und klammig war das zerfaltete Gelump: »Aber mein Erzweib«, knirschte er standhaft, knöpfte das Notwendigste halb und schief zusammen und eilte zur Tür. Da saß das Mädchen und sah still auf den Maiskolben, den sie zerrieb.

»Helena!«

»Ich hörte dich vorhin rufen – suchst du jemand?«

Stellachs Augen hingen an ihren Händen, auf denen Sonnenstrahlen und grüne Schatten spielten. Er schüttelte den Kopf: »Ich war halb im Schlaf; Aphrodite habe ich gesagt«, setzte er verlegen hinzu. »Liegt sie noch in der Gartenhütte?«

Das Mädchen beugte sich tiefer über die Maisschale: »Die kenn' ich nicht.«

Und plötzlich hob sie den Kopf und sah ihn an. Es war doch nicht bloß das Herdfeuer, das gestern in ihren Augen spielte, dachte Stellach. Er setzte sich neben sie auf die Bank: »Du kennst sie nicht. Freilich« – er seufzte – »eine große Verwandtschaft. Da kennt leicht eine die andre nicht.«

Helena sah ihn unruhig an.

»Das Erzweib meine ich, Helena« – er nickte ihr zu »die heißt nämlich Aphrodite.« Er rückte die Schale mit den Maiskörnern auf ihren Knien paßlicher. Das Mädchen lächelte: »Ach, bloß das Bild.« Sie zeigte mit dem Maiskolben auf die Straße hinunter: »Da haben sie's hingefahren. Der Jannis und Spiros –«

Stellach sprang auf: »Es ist fort?«

»– und Jannis läßt dir bestellen: wenn du nach Athen kommst, mußt du nach der Hephästosgasse fragen. Wo die Gasse eng wird, wohnt ein Mann, der Klingeln für die Halsbänder der Ziegen gießt. Über seiner Haustür hängt eine Glocke. Dort bleibst du stehen und rufst: Philippos. Dann kommt ein Mann, der dir alles sagen wird.«

»Fahren sie mit dem Erzweib über Land?« – Stellach hatte sie kaum ausreden lassen.

»Ich weiß nicht.«

»Oder nach Nauplia und dann mit der Barke?!«

»Ich weiß nicht.«

Stellach griff mit der Hand in das federnde Rebengeländer. Die Stütze hielt nicht, das Blattwerk schwankte, und ein Wirbel von grünen Schatten und goldenen Lichtern funkelte über Helena hin – da stand mit flatternden Händen am Rebengeländer ein Mann, der in dieser Nacht – Gott weiß es – Aphrodite in seinen Armen gehalten hatte – er stand vor dieser Helena und sah sie nicht. Eine Barke auf dem Meer sah er schwanken: Sturm zieht hoch, Jannis! Einen Karren auf schattenlosem Weg sah er holpern: die Straßenwächter, Jannis!

Da hörte er eine ruhige Mädchenstimme sagen: »Du findest das Bild wieder.«

»Glaubst du's?« Stellach streichelte ihre braune Hand, die auf dem Rand der Tonschale lag und stille hielt. So ruhig und gewiß hatte Helena das Wort vom Wiederfinden gesagt, daß er erleichtert aufatmete: »Du glaubst es?« – er sah sie an – »ich auch, Helena.«

Von einem kleinen wüsten Platz führte damals eine Straße zu dem Häuserwinkel, an dem sich drei Gassen kreuzten. Eine der Gassen mündete auf einem mittelalterlichen Trümmerfeld, aus dem vier Gäßchen in den vier Windrichtungen abgingen – wenn man einem dieser Gäßchen eine Weile folgte und Glück hatte, fand man die Hephästosgasse. Auch vor zwei und mehr Menschenaltern war sie schwer zu finden, und wenig Leute hatten Grund, nach ihr zu suchen: Die armen Häuser standen schief und krumm, aus alten Blöcken kümmerlich zusammengesetzt. Manche Hütte schien ganz leer zu stehen. Nur der gleiche Himmel wölbte sich noch über dem rümpligen Gemäuer, in dem zu Perikles' Zeit die großen Bildgießer gewohnt haben. Die Meister und die Werke lagen längst in ihren Gräbern. Selten war in der Hephästosgasse zu so später Stunde ein lebendes Wesen zu erblicken: sie lag in ungestörtem Schlaf.

Und mit einem Male wurde das nun anders. Nacht für Nacht erschien in dieser Gasse ein Mensch, sah sich vorsichtig um und rief: »Philippos!« – – Totenstille. Er trat heraus aus den Häuserschatten ins Mondlicht: Stellach, Doktor der Philosophie … seine Erfahrungen auf dem Boden der Argolis hatten ihn nicht abgehalten, auch die Erzgespenster dieser Gegend zu beunruhigen – nun, er war Gelehrter und mußte wissen, was er da unternahm. Leicht wurde ihm seine Tätigkeit von Philippos – wenn es diesen Mann überhaupt gab – nicht gemacht: Philippos erschien nicht auf den Ruf.

Eines der Häuser hatte einen breiten fahrbaren Torweg, über dem als Werkzeichen eine kleine Glocke ohne Klöppel hing. Neben dem Haus schien ein Hof zu liegen. Von der Straße trennte ihn eine hohe Mauer, über die eine Dattelpalme ragte. Stellach versuchte durch die Spalten des Holztores ins Innere zu blicken. Vergebliches Beginnen.

»Philippos!« rief er – nur das harte Blatt der Dattelpalme scharrte im leisen Nachtwind am Gemäuer.

»Philippos!« – jetzt ging im Haus gegenüber ein Holzladen auf. Nebenan öffnete sich handbreit die Haustür. Weiter unten in der Straße trat jemand aufs Pflaster, spähte nach dem Rufer. Eilig machte sich Stellach fort.

Helena hatte ihm Gasse und Rufwort gesagt. Daß er sich auf seine griechischen Freunde verlassen konnte, wußte Stellach. Aber mit jedem vergeblichen Philipposruf nagte die Sorge tiefer: was war mit dem Erzweib geschehen? In wessen Hände war Aphrodite jetzt? Hatte man die Statue beschlagnahmt? War sie geraubt? Oder im Meere versunken? Stellach grübelte, sah nicht rechts, nicht links, sah nicht, wie silberweiß und schwarz, jäh und maßlos der Lykabettos in den sternbesäten Himmel hineinragte – er murmelte vor sich hin, an den zehn Fingern die Möglichkeiten des Glückes und des Unglückes abzählend –

»Me cherchez-vous, mon ami?« fragte es neben ihm. Entsetzt fuhr Stellach auf – er blickte in ein fremdes lächelndes Mädchengesicht. Théâtre des Comédies stand dort auf einem Schild, über dem eine blakende Öllaterne schwankte. Gedämpfte Musik. Menschen standen herum, rauchten Zigaretten, lachten – er sah sich um: das ist die Proasteionstraße! Gedankenversunken war er irrgegangen. Stellach wandte sich. Aber da stand das Mädchen noch, zog den Mantel enge um sich, das schmale Gesichtchen war ein wenig geschminkt.

»Vous cherchez –«

»Ich suche –«

»Moi?« – das Mädchen legte ihre Hand auf seinen Arm.

Stellach wurde verlegen: »Dich nicht« – er begann zu stottern – »ich suche –« und nun er sich gar nicht mehr zu helfen wußte, brachte er seinen Satz rasch zu einem groben Ende: »Das Erzweib such ich!« Er ließ das Mädchen stehen, lief die Straße zurück. Die Musik klang lauter, Gelächter schallte hinter ihm her. Stellach lief schneller. Das Lachen klang immer übermütiger – bis er um die Straßenecke verschwunden war. Die Leute krochen wieder in ihr heißes, stickiges Theater.

Die Straße wurde leer. Der Lykabettos aber stand über ihr – grell silberweiß und schwarz und übermenschlich im südlichen Mondlicht.

Stellachs Zimmer im oberen Stockwerk des Fremdenhofes war tief verdunkelt. Über Athen lag die bleierne Hitze des Mittags. Einen kleinen Spalt breit stand der Holzladen vorm Balkon noch offen. Aber aufstehen mochte Stellach nicht. Er ließ die Glut herein, blinzelte schläfrig. Am Abend erschienen dort draußen die Berge von Ägina – jetzt sah Stellach nur Licht, und dieses furchtbare zitternde Licht begann ihn matt zu machen. Er ließ den Kopf auf die Lehne sinken: ›Du wirst das Bild wiedersehen‹, hat Helena gesagt ... wie die Schatten des Weinlaubs auf ihren braunen Händen spielen ... »irgendwo in dieser Stadt muß sie sein« – er lachte leise wie im Traum – »Aphrodite, entkörnend den goldenen Mais – hier in Athen, nahe bei mir« – Stellach drehte den Kopf zum Fenster, suchte die Dächer, die Säulen der Burg – veilchenbekränztes, glanzvolles, unser Athen du, wollte er sagen – aber in dem Spalt des Fensterladens blendete nur das gegenwärtige qualvolle weiße Licht. Er seufzte: »Verschwunden in einer verschwundenen Stadt.« Die Müdigkeit verging ihm. Er erhob sich, schloß den Laden und ging in der brütenden Wärme auf und ab: »Wo kann sie verborgen sein? Wo ist Philippos? Und vor allem – wer ist der Lord? Wo sitzt dieser Mensch, der auch nach dem Erzweib sucht?«

Sorgen machen weitsichtig. Die Lösung seines Rätsels lag ihm zu nahe, als daß er sie hätte erkennen können. Einen Lord nennt das griechische Volk jeden ansehnlichen und gewichtig auftretenden Fremden. Stellach war noch kein Lord. Er hauste im Oberstock des

Fremdenhofes. Lords wohnen im kühleren Untergeschoß, und der Lord des guten Jannis wohnte genau unter Doktor Stellach. Er besaß einen durchaus unbritischen Bauch, sprach dieselbe Sprache wie Stellach – nur im Akzent eines damaligen deutschen Nachbarstaates. Und auch er durchspähte die Mittelmeerwelt zugunsten des von ihm betreuten Museums. Als Herr Hofrat von Schlaub wurde er täglich aufs achtungsvollste von Stellach begrüßt und verstand in reizend kollegialer Weise dem jungen Mann den Gruß zurückzureichen. Im übrigen ging jeder seine Wege, und wenn sich ihre Wege bisher noch nicht gekreuzt hatten, so lag das nur an der sehr viel größeren Geschicklichkeit des Hofrats, der die kurzen Gespräche zwischen ihnen mit einem fast herzlichen Unterton derart gewandt zu führen vermochte, daß keiner von beiden in Verlegenheit kam, wenn er den anderen nach Kräften über seine Absichten anlog.

Das teppichbelegte Zimmer unter Stellach war leer, denn Hofrat von Schlaub überstand die Mittagsstunde unter den Palmen im Garten. Seinetwegen hatte der Wirt sogar ein Stück des Kiesplanes mit dem täglich knapper werdenden kostbaren Wasser anfeuchten lassen – eine unerhörte Leistung, die nur hoch zahlenden Lords zuteil wird. Schlaub rückte den Tropenhelm aus der Stirn und hielt die Zunge eine Weile in das Glas Quellwasser, welches er eben vom Wasserhändler gekauft hatte – schal, schal: er schob das Glas über die sandig knirschende Marmorplatte, ächzte und lehnte sich zurück. Auch ihn packte der griechische Mittag mit tropischer Gewalt. Langsam verschwammen vor seinen Augen die metallisch glänzenden stachligen Palmenblätter, langsam fielen ihm die Augenlider zu – eine nervige Faust sah er im Traum, eine wuchtig den Holzhammer schwingende heimatliche Faust – ah, die Kellerkühle – hohl tosende Schläge, der Hahn sitzt im Faß – »aber jötzt, Herr Hofrat« – zischend fließt dunkles Münchner Bier ins beschlagene Glas – Schlaub lächelte, öffnete die gedörrten Lippen, die Augen blinzelten ein wenig – da, ganz fern: über den weißen Dächern stand im weißen Himmel die weiße Burg ... die Säulen zitterten in der entsetzlichen Hitze.

Die beiden Amtsbrüder ließen ihre müden Leiber ruhend in der Hitze schwitzen und hatten keine Vorstellung von der alles Fleisch ausmergelnden Mühe, welche sie in solchen Mittagsstunden über Leute brachten, die um ihretwillen die Sonnenglut auch noch mit

Feuerhitze heizen mußten. Nicht nur nachts, sogar tagsüber hatte der Erzgießer Pieroni mit Philippos und Jannis – halbnackt und doch schweißtriefend – in der Werkstatt hinterm Glockenladen der Hephästosstraße geschafft und sich geschunden, um alle Wünsche dieser seltsamen Fremden zu befriedigen.

In dem schwarzen niedrigen Raum dunstete staubige Hitze, und der fette kleine Loverdo, ein Levantiner, dessen duftig weißer Seidenanzug vom internationalen Schneider in Athen eigentlich nicht für einen solchen Ort geschaffen worden war, erstickte fast.

»Eure elenden Öfen«, stöhnte er und fächelte sich mit seinem Tüchlein Luft zu – »in Neapel und Paris kenn' ich bessere.«

»Wir hätten auch lieber neumodische Schmelzöfen, aber sie kommen nicht heraus bei dem Verdienst«, knurrte Philippos.

»Kann Spiros nicht mit zufassen?« lenkte Loverdo rasch von der Geldfrage ab. »Es muß schneller gehn.«

»Für Spiros ist das nichts. Wir wollen froh sein, daß er uns beim Gipsabguß des Kopfes geholfen hat«, antwortete Pieroni. »Der Abguß von ihrem Gesicht war die Hauptsache. Griechische Köpfe sind selten – und nun schon solche, die sich das Abformen gefallen lassen.«

Loverdo brannte sich eine Zigarette an: »Ein tüchtiger Kerl bist du, Pieroni – wie habt ihr das Mädchen eigentlich überredet?«

»Gar nicht überredet«, sagte Jannis. »Wir haben der Helena gesagt, es sei für den Fremden. Der wolle ihr Bild haben. Ist ja auch wahr. Na, da hat sie den Abguß von ihrem Gesicht machen lassen.«

»Recht so, Kinder« – der Levantiner lächelte – »man soll nicht sagen können, Loverdo verkaufe dieselbe Figur zweimal.«

Jetzt hörte das Gespräch auf. Der neue Erzguß war aus seinem Formbett gegraben worden und sollte gehoben werden. Aber für solche lebensgroßen Güsse hatte Philippos seine Werkstatt nicht gebaut. In dem engen Raum konnten die Männer ihre Kräfte nicht richtig ansetzen. Die Statue lag in ihrer Formgrube unten, rührte sich nicht, und die große Frage, ob der Guß gelang, schien heute keine Antwort mehr finden zu sollen. Loverdo fluchte in allen Levantesprachen und suchte bereits nach seinem Hut, als in der aufpolternden Tür ein unerwarteter Helfer erschien. Lambros, der Fuhrmann aus Laurion, brachte Kupferbarren. Er packte zu, und seine gewaltigen Fäuste spannten die Seile zum Klingen straff. Langsam hob sich die Figur aus der Grube, schwebte – wie eine Gefangene stak das bronzene Mädchen im Wurzelgewirr der unzähligen Angußkanäle. Die Männer stöhnten unter ihrer Last. Immer höher stieg die Figur ins Licht. Der fette Loverdo lief aufgeregt um sie herum. Jetzt schwebten die bronzenen Füße über der Bodenebene. Pieroni warf ein paar Bohlen darunter. Aufatmend ließen die Arbeiter die Seile los.

Loverdo fächelte sich wieder Luft zu: »Sie steigen auf – wie unsereiner«, sagte er und klimperte mit Geldstücken in seiner Hosentasche. »Stellt die alte Figur neben die neue.«

Drei Statuen, die einander völlig gleich zu sein schienen, befanden sich nun in der Werkstatt. Pieroni und Philippos rückten die in der Argolis ausgegrabene Aphrodite in die Mitte der Werkstatt. In ihrem Gitterkäfig von Angußkanälen hing die eben gegossene, und am Boden lag das Gipsmodell zu diesem Nachguß, das Pieroni von der ausgegrabenen Aphrodite abgeformt hatte. Gips und Nachguß unterschieden sich von der antiken Statue nur durch das Helenenantlitz.

Loverdo begann den Guß zu untersuchen und aufs genaueste mit der Antike zu vergleichen. Lautlos folgten die halbnackten Gestalten seinen Händlerblicken, die über den Götterleib krochen. Der Guß war vollendet gelungen. Die Körper stimmten völlig überein, auch die geneigte Kopfhaltung war dieselbe, nur lächelte die neue Bronze das Lächeln Helenas – sie hat wohl an Stellach gedacht, als sie unter dem Gipsbrei auf ihrem Gesicht stille halten mußte. Das Lächeln auf dem antiken Antlitz ließ sich schwerer deuten – wenn das Mädchen einen jungen Herrn aus Athen im Kopfe gehabt hat: die Sache lag mehr als zweitausend Jahre zurück – mit Doktor Stellach hatte *dieses* Lächeln jedenfalls gar nichts zu tun . . .

Loverdo wurde bei seiner Untersuchung immer fröhlicher: »Nun sind sie beide echt in ihrer Art.« Er mußte recht haben – es war unmöglich zu sagen, welches Antlitz griechischer lächelte. Plötzlich blieb sein tastender Finger an einer Stelle am Kinn haften. Er sah sich nach Pieroni um: »Ein Gießfehler.«

Jannis lächelte: »Ach so – das haben wir vergessen. Helena hat dort eine kleine Narbe. Von einem Schnitt.«

Loverdo trat zurück, hielt den Kopf schief: »Laßt's so«, sagte er, »es sieht echt und alt aus.«

Philippos!« rief Stellach.

Er rief's, aber er konnte jetzt auch schreien, wenn er Lust hatte – Laden oder Türe machte seinetwegen keiner mehr auf in der Hephästosgasse. Die Leute in ihren Behausungen schlugen nur ein Kreuz und befahlen den armen Wahnsinnigen draußen, der Nacht für Nacht in ihrer Gasse spukte, der Gnade Gottes.

Die Fürbitte mußte geholfen haben. Plötzlich hörte der Spuk auf und kam nie wieder. Eines Abends saß ein alter Mann auf dem Stein am Haustor und antwortete auf Stellachs Ruf: »So heiß ich, Herr, Willkommen.«

»Und das Erzweib?!«

Philippos nickte und öffnete die Tür. Der Gang war stockdunkel, aber ohne auf Licht zu warten, lief ihn Stellach entlang: »Aphrodite!«

»Halt!« – er prallte an eine Statue, packte sie – nein, das Ding lebte: »Laß los, Herr, ich will Licht schlagen!« Es war Jannis, der lachend eine Öllampe anzündete. Langsam hob sich aus dem Docht der Schein – – da stand sie und schien zu leben im schwankenden Licht. Mit einem Aufschrei sprang Stellach auf die Wiedergefundene zu, umarmte sie und preßte seinen Kopf an ihren kühlen Leib. Der alte Philippos war erschrocken am Türpfosten stehen geblieben und starrte offenen Mundes den Fremden an, der ein Bild für einen Menschen nahm. Jannis lächelte gutmütig. Es freute ihn, daß der begeisterte Mann die Statue bekam, die er selber aus der Erde gegraben hatte.

»*Er* muß die alte Figur haben, nicht der Lord«, hatte Jannis zu Loverdo gesagt und den neuen Nachguß samt dem Gipsmodell in einen Nebenraum geschafft. »Er ist wegen dem Ding durch unsre Treppe gefallen. Ich sehe ihn noch auf dem weißen Mantel im Sumpfe liegen. Er gehört zu ihr von Natur.«

»Dann gebe ich dem Lord die neue« – Loverdo hatte gleichmütig die Achseln gehoben – »und auch der Lord ist nicht schlecht bedient. Die alte Figur kommt aus der Erde von Charwati, die junge haben wir hier ausgegraben, aus deiner gelben Formerde, Philippos. Das war vielleicht noch mühsamer, he Jannis? Zum Teufel, ich bin noch heiser von dem Staub, den ihr gemacht habt.«

»Die Neue ist aber besser«, hatte Philippos gesagt. Jetzt tat es dem Klingelgießer fast leid, daß ein Mann wie dieser Stellach, der Bilder so hoch verehrte, gerade die alte, von Sprüngen und Flecken versehrte Figur bekommen sollte statt der fehlerlosen Statue aus seiner Werkstatt. Aber nun war's zu spät. Stellach bewilligte ohne viel Handeln den Preis, der lange nicht so hoch war, wie er gefürchtet hatte. Die Geldscheine der Anzahlung blätterten aus Stellachs in des Jannis Hand. Philippos Augen wurden groß und bekamen Glanz beim Anblick so unmenschlich vielen Geldes: »Wie fruchtbar unsre Erde ist, wie gesegnet ...«

Die Aphrodite aus Charwati aber stand auf dem Balkenklotz um ein Haupt höher als die Männer und lächelte über sie weg in eine von Rede und Gegenrede unerreichbare Ferne.

»Nun gehört sie wirklich mir. Ich bleibe bei ihr die Nacht«, sagte Stellach.

»Das geht nicht, Herr«, antwortete Philippos.

Die Gießerei war zwar schön aufgeräumt. Außer den Schmelzöfen und Geräten der Arbeit stand nur das Erzweib darin. Aber in den Werkstatträumen sollte Stellach nicht allein bleiben – womöglich fand er die andre, wie leicht konnte dann ein Streit entstehen mit dem Lord –

»Ich gehe auf keinen Fall von ihr weg!« rief Stellach. Mit Schrecken dachte er an jenen Morgen in Charwati, wo sie schon einmal verschwunden war und wie oft er dann ›Philippos‹ hatte rufen müssen, ehe er sie wieder hatte.

Nach langem Verhandeln wurden sie einig, daß Aphrodite noch diese Nacht, jetzt sogleich, in das Zimmer des Doktor Stellach geschafft werden sollte. Sie hüllten die Statue in ein Tuch, verschnürten den Ballen und luden ihn auf einen Karren. Langsam holperte die kostbare Last aus dem Tor, die menschenleere nächtliche Gasse entlang. Auf dem Trümmerplatz stand ein Wachmann. Er musterte den Karren und seine Last, kam näher –

»Mein Gepäck«, sagte der Gelehrte zu ihm. Der Wächter erblickte den Fremden und nickte befriedigt.

Stellach wachte noch tief in der Nacht. Seine Kerze war längst heruntergebrannt. In den Kleidern lag er auf dem Bett und sah in die Dunkelheit, in der das Erzweib wie ein Schattenbild stand. Stellach wartete. Bald müßte das Mondlicht herum sein. Der Strahl wandelte, kam näher, immer näher. Jetzt fiel er auf ihre Schulter. Minuten vergingen, Stellach sah hin und atmete kaum. Da – ihre Brust, ihr Leib erstrahlte – und nun stand sie ganz silbern im Glanz, als ob sie aus sich selber leuchtete.

Auf seinen Ellbogen gestützt starrte der glückliche Mann in diese Offenbarung. Der Mond aber wandelte langsam weiter. Glied um Glied der Göttin versank in der Nacht – Eine Locke am Haarband glänzte noch, ein Finger der erhobenen Hand – nun war sie wieder nur das Schattenbild . . .

»In wenig Stunden trifft sie das Morgenlicht – vor dem muß ich sie verstecken. Im Piräus soll gerade ein Schiff liegen – aber wie bringe ich sie in den Piräus! Mein Gott, wie bringe ich Aphrodite nach Hause!«

Nach Hause, hatte Stellach gesagt und war nicht erschrocken vor seinem Wort – nach Hause sagte der Doktor der Philosophie zum Erzweib und meinte mit ihrem Haus sein eignes gebrechliches Gehäuse – »Ich müßte versuchen«, murmelte er –

Da klopfte es. Stellach sah sich um. Dunkle Nacht. Wer kann jetzt klopfen? Schon schlug es wieder an die Tür – energisch, knapp, sachlich. Er sprang aus dem Bett: »Wer ist da?«

»Andras«, verstand er. Andras? . . . der Ehemann? . . . Verwundert öffnete er.

Hofrat von Schlaub, mit Hemd und Hose bekleidet und einen Leuchter in der Hand, trat ein. Der Schein der Kerze fiel nicht nur auf den erschrockenen Stellach: golden strahlte das Erzweib auf – »Ahh!« – goldener noch blinkten Schlaubs Äuglein: »Jawohl, Bester.

Der Ehemann, hab' ich gesagt. Sie haben sich nicht verhört. Guten Abend übrigens, Kollege. Andras, der Ehemann! Haha. Von der da nämlich« – er klopfte der Bronze auf die Hüften – »also hat der Pädhí die Wahrheit gesagt: Sie hätten ein Weib auf ihrem Zimmer, hahaha! Aber ein eisernes, hat er gesagt! Zauberhaft! Wundervoll!« – er prüfte das Erzweib mit Kennerblicken – »nur, Lieber, das ist – *meine* Frau.«

»Herr – Herr Hofrat« – Stellach hielt sich an Aphrodites Arm fest – »ich habe sie –«

»Nein, ich« – Schlaub schüttelte melancholisch den Kopf und ließ die Äuglein nicht von dem lächelnden Götterbild – »und hier ist der Trauschein, Lieber.« Er zog ein Papier aus der Hosentasche. Stellach las: Dem Lord von Schlaub wurde die Anzahlung von vielen Drachmen für die bei Charwati gefundene Figur bescheinigt.

»Aber Sie kennen die Statue ja noch gar nicht!« schrie Stellach.

»Die dort? Nein. Aber den Jannis kenn' ich. Alte Verbindungen, Kollege. – Diese Brust! Und sehen Sie doch bloß den Armansatz – ja, was ich sagen wollte – Mann, dieser Rücken! Beobachten Sie die entzückenden Hüftbeingrübchen! Hm, hm, hm … was ich sagen – ach so: die Spielregeln kennen Sie ja, nicht wahr? Wer zuerst anzahlt, hat sie – da hilft nun nichts, es tut mir *wirklich* leid – aber: lesen Sie sorgfältig das Datum auf meinem Schein. Haben Sie's gelesen? Ja, lieber Gott – ich kann das Datum doch nicht nachträglich ändern, das wäre ja eine Fälschung, Bester! Donnerwetter, das Spielbein! Ahh – eine solche Schenkelbeuge, was?! Betrachten Sie's nur recht genau, Kollege. Das haben Sie nicht alle Tage. Aber Sie seh'n ja gar nicht hin! Was ist denn?! Ach so: hm, heute ich, morgen er, übermorgen es … jaja, unser Beruf. Unsre Pflicht. Der Außenstehende ahnt nicht, was wir manchmal durchmachen, wie oft wir uns mit blutendem Herzen bescheiden müssen – Schockschwerenot, dieser göttliche glutaeus maximus! Und wie köstlich diese Biegung der Wirbelsäule! Musik, Lieber … Musik … der Mensch ist doch das Herrlichste auf Erden« – der Hofrat zog sein Beinkleid über den Bauch, damit es wieder straff saß – »daran richtet man sich auf! Vor einem solchen Fakt empfindet man die innere Größe unseres Wesens. Wie kann man bloß so geknickt dastehn! Neben einem solchen

Götterbild, Kollege! Nur, weil ich es habe?! Wer bin ich! Wer sind Sie! Die *Sache*, Mann!! Habe ich recht?!«

»Ja, Herr Hofrat –«

»Na also! Und ich will Ihnen in dieser denkwürdigen Stunde auch eine Freude bereiten – in meinen Jahren, Kollege, muß man eben eine gewisse Mäzenashaltung einnehmen. Ich will Ihnen eine ganz große Förderung für Ihren wissenschaftlichen Aufstieg zuteil werden lassen. Hören Sie zu: *Sie*, mein lieber junger Kollege – jawohl: *Sie* – – werden die erste Publikation dieser neuen hocherfreulichen Ausgrabung vornehmen. Das heißt: ich meine die *ausführliche* Beschreibung – den allerersten Bericht über den Fund mache *ich* natürlich. Das verstehen Sie ohne weiteres.«

»Ja, Herr Hofrat –«

Und es begab sich, daß Stellach, sein Kinn an die stoßweis atmende Brust gepreßt, ein wenig heiser, aber durchaus folgerichtig jenes Wort von sich gab, das Geber und Beschenkten gleichermaßen beglückt – schluckend sprach er und ein wenig heiser:

»Danke, Herr Hofrat –«

»Sehn Sie, Bester!« – Schlaub kniff die Äuglein ganz klein und lind und klopfte gleichzeitig mit der Rechten dem Doktor Stellach auf die Schulter und mit der Linken der Göttin auf das untere Ende des Rückens: »Sehen Sie, lieber junger Freund, unter Einsichtigen müssen sich alle Dinge zum besten wenden. So. Und nun wollen wir sie gleich an ihren Ort bringen – he! hallo!«

Der Pädhí und der Georgios und der Barkas samt der Mariko waren nicht wenig erstaunt, als sie um drei in der Nacht aus ihren Betten geholt wurden, um das Bild eines Weibes aus dem Schlafzimmer des Doktor Stellach in das Schlafzimmer des Herrn von Schlaub zu befördern.

Stellach hatte das Erzweib die Treppe hinabtragen sehen. Wie eine Tote. Die gelben Lichtstreifen der Laterne waren über sie gehuscht, hatten ihr Schattenbild für einen letzten Augenblick noch riesengroß an die Wand geworfen – dann war alles vorbei gewesen.

Drüben, überm Hymettos, wurde der Himmel blasser. Stellach kauerte auf einem Schemel am Fenster. Der Morgen kam, ohne Tau, ohne Frische. Träge erhob sich der Mann – was ging ihn noch der Morgen überm Hymettos an … stumpf starrte er auf die leere Stelle, wo sie gestanden hatte eine attische Nacht lang – ach, nicht eine halbe Nacht …

Schritt für Schritt stieg er die Treppe hinab. An der Wendung blieb er stehen, sah den rissigen Kalk an: dort hatte zuletzt ihr Schattenbild geschwebt. Im Hause war es zu dieser frühen Stunde ganz still. Stellach stand lange. Aber es gab nichts mehr zu sehen. Er ging weiter, trat auf die Straße, die in ungewohntem Schatten dalag. Döste die Straße ein Stück gradaus. Eben stellte ein Kellner Tischchen und Stühle aufs Pflaster. Stellach ließ sich auf einen Sitz fallen, trank eine Schale dicken türkischen Kaffee, zwei Schalen, drei …

Die Sonne stieg, Stellach saß in der Morgensonne. Die Sonne stieg weiter, Stellach saß mit bloßem Kopf in der weißen Glut wie im Nebel. Seine Augen bekamen rote Ränder, sein Herz flatterte im Hitzefieber, er fröstelte – wie hatte Helena gesagt? … hier bin ich, Herr … woher kennst du mich? Du siehst sie wieder … Die Glut! Wie sich das Herdfeuer in ihren Augen spiegelt: sie soll verschwunden sein? – Philippos mußt du rufen – Phi –

»Philippos!!« schrie Stellach und stürzte davon. Der Kellner hatte Not, zu seinen paar Groschen zu kommen – »Philippos!« Stellach lief Straßen entlang, Gassen, Gäßchen. Der Wachmann auf dem Trümmerplatz machte große Augen – aber da war schon die Gasse, die Dattelpalme, der gottverdammte Hausflur –

Jannis rauchte gemächlich eine Zigarette und knackte gedörrte Erbsen.

»Du hast mich betrogen, Jannis« – Stellach sah grau im Gesicht aus.

Jannis sprang auf. Philippos kam heran: »Be-tro-gen??«

»Du hattest das Erzweib schon dem Lord –«

Verkauft – wollte Stellach noch sagen, aber das Wort blieb ihm im Munde stecken. Er stand selber reglos wie ein erzenes Bild: vor ihm auf dem Boden der Werkstatt – lag das Erzweib – lag auf einer grauen Wolldecke –

War er wahnsinnig geworden? »Aphrodite ...« »r faßte sie zaghaft an: kühl – schmerzlindernd kühl wie immer.

Jannis und Philippos sagten kein Wort. Warteten. Stellach rührte sich nicht. Das Erzweib hielt auch still. Eine Weile war Totenruhe. Dann ging mit dem Gelehrten eine seltsame Veränderung vor sich. Er begann sich zu bewegen, aber nicht wie man es an ihm gewohnt war: bewußt, überlegt, sondern tierhaft, unheimlich emsig, lautlos. Mit fliegenden Händen schlug er das Tuch um die Statue, er zog Stricke unter dem Tuch durch, fing an zu schnüren. Dabei sah er die Bronze kaum an: »Ich habe dich wieder«, murmelte er. »Ich habe dich wieder ... habe dich wieder ... dich wieder ...«

»Herr –«

»Jetzt nehmt ihr mir sie nicht mehr«, flüsterte er. Wie im Traum arbeitete er, mit einer ihm selbst unfaßbaren Geschicklichkeit und Schnelle, über sein eigenes Tun tief erstaunt.

»Aber Herr – das ist doch die Helena.«

»Halts Maul. Pack endlich zu, Jannis.«

»Höre mich doch erst an, Herr!«

»Hebe an den Füßen höher.«

»Aber das ist ja die andre! Behalte doch die Erzfrau, die du hast!«

»Willst du oder willst du nicht?!« – Stellach, völlig außer sich, stand ganz nahe vor ihm und schrie ihn an. Jannis spürte seinen Atem – »hab' ich bezahlt oder habe ich nicht bezahlt, he?!«

Jannis zuckte die Achseln. Merkwürdige Menschen, diese Fremden. Nun wollte der aufgeregte Mann zwei Erzweiber haben:

»Und das Geld dafür, Herr?«

»Noch mehr Geld?!«

»Loverdo hat die Kosten so ausgerechnet –« Jannis nannte die Drachmenzahl für diese nachgegossene Figur. Hoch war die Summe nicht, aber Stellach glaubte die rätselhafte Sache nun endlich zu verstehen: also *das* hat dieser Loverdo gewollt! Eine Nachforderung!

Soviel Not ausstehen zu müssen um gemeinen, um hundsgemeinen Geldes willen.

»Und dann meine Abmachung mit dem Lord, Herr –«

Weiter kam Jannis nicht: »Diesen Namen nicht!! Jannis, nicht den Namen dieses Menschen!« – Stellach hielt den Strick in den Händen, sah den Knoten an, besah ihn ganz genau, als ob in ihm das Rätsel stecke: »Warum hat Schlaub in der Nacht noch die Figur hierher gebracht . . .« Er grübelte, sann –

Das tat dem alten Philippos leid. Diese reichen Leute, dachte er und faßte Stellach am Arm: »Laß dir mehr Zeit zum Überlegen, Herr –«

»Zeit – mein Gott, die Zeit vergeht – faßt an!«

»Aber wohin willst du denn damit!«

»Auf den Karren!«

Er fing allein an, die Bronze zum Karren zu zerren. Solche Lasten waren seine Hände nicht gewohnt. Er brach fast zusammen. Jannis und Philippos mochten das nicht mit ansehen. Sie griffen zu. Der Karren ächzte unter der schweren Bronze. Stellach band sie fest: »Du, Philippos, nimmst die Deichsel. Und Jannis schiebt. Los.«

»Herr, ein Wort noch –«

»Paßt auf! Hier ist ein Loch im Boden!« Stellach drückte den Karren mit aller Kraft durch den Hausflur.

»Und das Geld, Herr?« schrie der vorwärtsgedrängte Philippos, schon unter dem Haustor.

»So lauf doch, Jannis! Rascher!«

Auf dem Trümmerplatz stand der Wachmann und nickte diesmal nicht befriedigt. Da kommt das Ding schon wieder, dachte er mißtrauisch und zog die Augenbrauen hoch. »Mein Gepäck!« rief ihm Stellach im Laufen und Karrenschieben zu. Beleidigen mochte der Wächter einen fremden Reisenden nicht gern, aber melden mußte er diese unheimlichen Transporte nun doch wohl – das sah ja beinah aus, als ob die einen Toten hin- und herschafften . . .

Jannis und Philippos atmeten schwer. Es war heiß. Aber der blasse Fremde schien heute plötzlich von Eisen zu sein. In Strömen lief ihm der Schweiß übers Gesicht, und dennoch hielt er den Knoten auf der Brust des Erzweibes mit der Faust umklammert, schiebend, ziehend, zur Eile treibend. Schon lag das Theseion hinter ihnen. Der Karren holperte durch die Senke der ausgetrockneten Ilisos.

»Schneller, zum Teufel!«

»Aber Loverdo! Was soll ich ihm sagen! Das Geld, Herr!« Jetzt sprach Jannis dringlicher. Es war kein Zweifel mehr möglich: dieser wildgewordene Fremde strebte mit seinem Gepäck unaufhaltsam dem Piräus entgegen – ohne Maulesel, zu Fuße!

»Er hat das Fieber«, murmelte Philippos. »Fieber kommt vom Sumpf. Ob auch Erzweiber Fieber machen?«

»Aber das Geld!« – Jannis blieb jetzt stehen. Da faßte Stellach die Deichsel und riß den Karren vorwärts. Immer näher vor ihm glänzte das Meer im Abendlicht. Jannis konnte die kostbare Bronze nicht fahren lassen – ob er wollte oder nicht, er mußte hinter dem Erzweib her. »Sie gehört doch nicht mir allein!« schrie er Stellach verzweifelt ins Ohr.

»Das freie Meer«, war die Antwort. Stellach röchelte fast. Die Anstrengung war maßlos für ihn. »Dort gehört sie mir.« Er zeigte auf die purpurn und graublau schimmernde See hinaus: »Musik, Herr Hofrat . . . Musik . . .«

Die Räder des Karrens polterten bereits an den Schuppen der alten Quarantänestation hin. Aber nun bremsten beide, Jannis und Philippos, mit Gewalt die Fahrt, hielten an; Jannis öffnete den Mund zum Reden.

Stellach ließ ihn nicht zu Worte kommen: »Ich weiß. Aber die Figur gehört mir, vor Gott und den Menschen« – Jannis wollte berichtigen – »Schweig. Sage kein Wort. Ich gebe dir, was du willst.«

Als auf Seiner Majestät Kreuzerkorvette eben die Backbordlaterne angezündet wurde, erschien am Fallreep ein Boot, dessen Insasse sich als Staatsangehöriger ausgab und behauptete, gefährdetes Staatseigentum an Bord der Korvette sicherstellen zu müssen. Tatsächlich konnte sich der Mann hinreichend ausweisen, und ebenso machte er hinreichend glaubhaft, daß der Inhalt seines Bündels nicht Privateigentum, sondern Staatsbesitz war. Während man Papiere auswechselte und ein Protokoll aufnahm, wurde die Bootslast an Bord geheißt, aufgeschnürt und mit weit aufgerissenen Augen angestaunt.

Mangelhaft oder gar nicht bekleideten weiblichen Gestalten gegenüber nehmen Matrosen meist einen anderen Standpunkt ein als Gelehrte. Im vorliegenden Falle fanden sie, daß dieses Ding nicht schlecht sei, aber warum der fremde Herr gerade ein *bronzenes* Mädchen an Bord gebracht hätte. Bilder hätten sie selber. Und aus Bronze wäre sie? Nun müßten sie wohl diese Bronze auch noch flimmern – sie hätten an ihren Kanonen genug. Viel Arbeit, ehe man da Grund kriegte. Sie habe ja ordentlich eine Kruste auf sich, bemerkte ein Kanonier und tat mit seiner Betrachtung der ausgezeichnet nachgeahmten Patina Pieronis alle Ehre an. Dieses Kind, antwortete ein Maat, müsse man schruppen. Mit Sand und Seewasser. Dann erst Kreidepulver. Aber dann blitzt sie! »Ich putze die Vorderseite«, erklärte der Steuermann bereitwillig. »Und ich«, begann der Koch –

Aber jetzt fühlte der angesichts dieses neuen Ausrüstungsstückes zunächst etwas ratlose Obermaat seine Verantwortung für die Besatzung der Korvette: »Halt. Auf meinem Deck kann so was nicht rumliegen. Schafft sie –« – ja, wohin an Bord eines Kriegsschiffes mit einer lebensgroßen nackten lächelnden Aphrodite!

»Man könnte dem Kapitän eine Freude machen und ihm das Mädchen in die Kajüte stellen.«

»Ausgeschlossen. Die Kajüte ist zu niedrig.«

»Na, und legen?«

»Wohin denn, Schafskopp!«

»Vielleicht aufs Sofa.«

»Und der Kapitän?«

Das ging also nicht. Da war die Kombüse. Zu heiß. Die Kohlenkammer? Zu rußig. Die Munitionskammer? Die fliegt womöglich in die Luft –

»In die erste Batterie bei Steuerbord«, befahl jetzt der Obermaat, dem die Sache zu viel wurde.

Hier fand sie Stellach. Tief erschöpft von den Anstrengungen dieses Tages, sah er sie an: gerettet! Im Entsetzen des Wiederfindens und in der Angst und Qual des Transportes hatte er die Statue kaum recht angesehen. Nun wollte er sie vorm Abschied noch einmal ruhig betrachten. Leider aber war von den Konstrukteuren auch jener alten Kreuzerkorvetten ein genügender Raum zur Betrachtung lebensgroßer Mädchengestalten in den Batterieständen nicht vorgesehen worden. Die Seeleute hatten die Figur sorgsam auf Segelwerk vor die Lafette unter das Geschützrohr gebettet, und der Obermaat versicherte dem Doktor, er würde sie noch ordentlich festzurren lassen: »Wenn nicht Krieg ausbricht unterwegs, ruht sie bei uns wie in Gottes Schoß, Herr – keine Sorge.«

Stellach sah im Abendlicht, das durch die Geschützluke fiel, nur ihren Körper. Ihre Füße lagen im Schatten der Schanze, und ihr Gesicht war der Luke zugewendet. Über dem Erzweib ragte das mächtige Bronzerohr der Kanone in die Nacht hinaus – so lagen denn diese beiden Manifestationen des Erzes auf Erden geschwisterlich nebeneinander und sahen stumm über die niedrigen Häuser von Piräus hinweg nach dem fernen Pentelikon, vor dem sich im ersten Mondschimmer die Akropolis abhob, elfenbeinzart und silbrig wie ein Nebelbild – beide: das glattspiegelnde Geschütz und das aphrodisische Weib, dessen Antlitz Stellach nicht sehen konnte, von dem er aber wußte, daß es lächelte. Das Schiff wiegte das Mordgewehr und die Eva leise hin und her. Ihre Sprache fanden die stummen Geschwister Gott sei Dank beide nicht in dieser Nacht. Denn wenn das eine und das andre den Mund geöffnet hätte und geredet, jedes in seiner Sprache, in diesem Batteriestand eins bei Steuerbord auf Seiner Majestät Korvette: sie hätten beide das attische Herz getroffen mit falscher Sprache.

Stellach fuhr an Land zurück. Im Boot wandte er sich noch einmal um. Der Schornstein und die drei Masten mit den Rahen und gerefften Segeln hoben sich scharf vom dunklen Himmel ab. Der Schiffsrumpf war *ein* schwarzer Schatten: »Rechts vorn, da muß sie liegen –« Wenn er lange und genau hinsah, glaubte er das offene Maul des Geschützes zu erkennen, das über ihr drohte. Bald sah er auch das nicht mehr.

»Auf Wiedersehen« – Stellach winkte mit der Hand, als ob sie ihn sehen müßte.

Am Quai suchte er sich einen Wagen und fuhr auf derselben Straße zurück, die Zeuge gewesen war von einer Leistung, wie sie nicht oft ein Mann in seinem Beruf zu vollbringen das Glück hat.

Das klapprige Gefährt schüttelte den müden Gelehrten gewaltig durch. Stellach hatte nur den einen Gedanken: schlafen, vierundzwanzig Stunden schlafen.

An der Wegekreuzung, wo die Straße in die Ölwälder einbiegt, war ein Zigeunerlager aufgeschlagen. Das Feuer flackerte unter dem kupfernen Kessel, und aus diesem Kessel stieg der Duft kräftigen gekochten Hammelfleisches. Jetzt erst merkte Stellach, daß er über den beispiellosen Anstrengungen dieses Tages seinen leeren Magen vergessen hatte. Sehnsüchtig sah er sich nach dem nahrhaften Dampf um: bis zum Fremdenhof war es noch ein gutes Stück Weges – so lange konnte er nicht mehr hungern. In seiner Bedrängnis fiel Stellach ein, daß an der Straße gegenüber dem Theseion, noch vor den ersten Häusern der Stadt, eine Gartenwirtschaft liegt, in der kühler weißer Rezinato geschenkt wird und ein begabter Koch kleine Fleischstückchen auf dem Rost zu braten, mit Kräutern zu würzen und zierlich auf Holzstäbchen zu reihen versteht – zwei Stäbchen, Meister! Nein, vier! Oh, gib ruhig diese sechs Stäbchen her – und den runden edlen Ziegenkäse, auch die Melone, Freund, die ganze – Stellachs Ungeduld ließ kaum die Räder zum Halten kommen. Er sprang auf die Straße und eilte zur rettenden Schenke. Er rief nach einer Botilja vom Peloponnes, nach jenem nur zart geharzten starken und sanften Wein – und Stellach fand, als er zwischen den kleinen Tischen stand, einen Abendtrunk, zwiefach mit Harz versetzt:

»Ah – lieber Kollege!« rief Hofrat von Schlaub, erhob sich und nötigte den Sterbenden an seinen Tisch.

Der Hofrat wunderte sich. Stellach war doch sonst ein Mann von guten Formen, aber jetzt – man konnte es nicht anders nennen: jetzt hub dieser junge Mensch einfach zu fressen an, um es kurz und klar auszudrücken. Dazu trank er, daß Schlaub, der eigentlich eben gehen wollte, neuen Durst bekam und auch seinerseits nach einer Botilja rief. Der Kellner wußte nicht, wo beginnen: diese Fremdlinge speisten und tränkten sich, daß schließlich der Wirt erschien, um zu sehen, ob die Sache denn ihre Richtigkeit haben könne – seines Wissens saßen im Garten außer zwei gesetzten Gelehrten nur drei wenig verzehrende Liebespaare hinter den Zuckerrohrgebüschen.

Die Sache *hatte* ihre Richtigkeit. Oder vielmehr: sie bekam im Lauf der Nacht immer mehr Richtigkeit.

Hofrat von Schlaub sah die Unmäßigkeit dieses jungen Menschen an, und er beschloß, ihm beizustehen nach Kräften: eine unausdenkbar köstliche antike Aphrodite finden und sie verlieren am gleichen Tag – das mußte für den jungen Museumsbeamten doch ein furchtbarer Schlag sein – nein nein, der Hofrat wollte ihm freundlich begegnen, verstehend liebevoll, herzlich sogar . . .

Stellach fühlte die immer wärmer werdende Zuneigung des alten Herrn, und er beschloß, ihm beizustehen nach Kräften: eine unausdenkbar köstliche antike Aphrodite finden und sie verlieren am andern Tag – das mußte für den alten Museumsbeamten doch ein furchtbarer Schlag werden – nein nein, Stellach wollte ihm freundlich begegnen, verstehend liebevoll, herzlich sogar . . .

So taten denn die beiden einander aufrichtig leid, und beide wollten sich in ihrem Glück nicht überheben über den zu Boden geschmetterten anderen. Sie hatten beide voneinander dasselbe gestohlen und wußten es, ohne die Wahrheit zu wissen. Die bösen Gewissen kamen sich brüderlich entgegen auf halbem Weg. Sie sagten sich irrtümlich alles erdenkliche Gute und Liebe und tranken sich zu, wo es paßte und nicht paßte.

Einmal paßte es schlecht: »Ja«, begann Schlaub und seufzte, »seien Sie froh, daß Sie die ungeheure Verantwortung für die Statue los sind.«

»Ja«, antwortete Stellach, »seien auch Sie froh, verehrter Herr Hofrat.«

»Ich? Froh?! Sie wissen nicht, was Sie sagen. Finden kann jeder Esel. Aber fortschaffen! Die Statue aus dem Lande bringen! Finden ist nur Glück. Aber Transport, Lieber – Transport ist Leistung!«

»Ich teile durchaus Ihre Ansicht, Herr Hofrat«, stimmte Stellach bereitwillig zu und rieb seine schmerzenden Arme und Beine, »Ihr Wohl, Herr Hofrat.«

»Und das Ihre, junger Freund. Wohl bekomm's. Ja, wie bringt man ein Kunstwerk an den Ort seiner Bestimmung?«

»Das eben«, sprach Stellach und trank das volle Glas in einem schnöden Zuge leer, »das eben ist die Kunst.«

»Kunst. Das ist das Wort. Werke außer Landes zu bringen ist eine täglich schwieriger werdende Kunst. Aber noch mehr als Kunst, Kollege. Da muß man zunächst die landesübliche Technik des Transportwesens meistern. Man muß Geld haben, Kaltblütigkeit, Menschenkenntnis –– besonders Menschenkenntnis, Kollege – ferner Energie, Brutalität, wenn Sie wollen – ja, und vor allem gehören dazu zuverlässige, alte, erprobte, solide Verbindungen –« jetzt goß auch Schlaub sein Glas in einem Wupp hinunter – »ahh! – Gottlob, die habe ich. Sehen Sie« – der Hofrat sprach ausführlich, er wollte den schwerbetroffenen Kollegen durch freigebige Darlegung seiner Methoden entschädigen, damit der junge Mann wenigstens etwas nach Hause bringe – »sehen Sie: man muß sich zunächst einen Stützpunkt anlegen. Dort lagert man die Statue. Selbstverständlich muß sie dort völlig sicher aufgehoben sein, unangreifbar sozusagen. Von diesem Stützpunkt aus beginnt der Abtransport. Ich habe als Stützpunkt den Ihnen ja nun leider auch bekannt gewordenen Jannis gewählt. So. Jetzt fehlt nur noch ein Hebelarm. Als Hebel verwende ich einen gewissen Philippos. Dieser Philippos –«

Stellach wurde hinter seiner Botilja immer kleiner: also deshalb – deshalb hat die Figur heute früh beim Philippos gelegen ... Aphrodite im Stützpunkt und am Hebelarm des Hofrats von Schlaub ... lieber allmächtiger Vater – vor Stellachs Augen begann die Welt zu schwanken, der Tisch, der Pädhí, das Theseion drüben schwankte – der volle Umfang seiner Tat kam ihm zum Bewußtsein: er, der Doktor der Philosophie Stellach, hat dem Meister seines Fachs das Erzweib ge – ge – aber nein doch: hat denn nicht vorher der Meister ihm das Erzweib gestohlen? ...

Schlaub sprach indessen immer weiter, entwickelte dem jungen Mann, der mit offnem Mund und aufgerissenen Augen ins Leere stierte, einen trefflich fein und tief ersonnenen Transportplan –

Ich werde *nicht* vierundzwanzig Stunden schlafen, dachte Stellach. Ich werde vielmehr in aller Frühe nach dem Piräus fahren, um dort um neun Uhr das österreichische Postschiff nach Brindisi zu besteigen: bloß fort hier, ganz schnell fort . . .

»Ja, Bester, es ist schwer, schwer. Selbst wenn Sie die Figur schon im Boot haben, ist sie doch noch nicht auf sicherem ausländischem Boden. Das Schiff, Lieber, das Schiff! Nun, diesmal habe ich Glück. Dieser Tage ankert nämlich eine Kreuzerkorvette im Hafen. Morgen geht sie in See. Es heißt eilen. Der Kapitän ist ein alter Bekannter von mir. Alte Verbindungen, wissen Sie – überall muß man Verbindungen haben. In der syrischen Wüste zum Beispiel gibt es unter den besseren Klephten nicht einen, zu dem ich nicht die freundschaftlichsten Beziehungen unterhalte. Ja, dieser Kapitän – da waren wir mal zusammen in Iviza, so zu einer Art Nachtübung, wissen Sie – aber was denn! Da fällt mir ein, der Alte ist doch ein spezieller Landsmann von Ihnen! Hahaha! Die Korvette führt die Farben Ihres Landes! Venus unter Ihrer Flagge! Das freut Sie, wie?!«

»Sehr«, stammelte Stellach, »sehr – Ihr Wohl, Herr Hofrat.«

Der Hof rat klopfte ihm auf die Schulter, schenkte ihm aus seiner besseren Flasche ein, schweren tiefroten Sankt-Georgswein: »Auf die gute Reise der Aphrodite, Kollege.«

»Ich reise auch ab«, murmelte Stellach verstört und erhob sich.

»Wie? Ach so« – Schlaub seufzte – »ich verstehe Sie ja. Sie glaubten, das Erzweib schon zu haben. Aber wegen eines Fehlschlages muß man nicht gleich den Mut verlieren. Ach, lieber junger Freund, wenn man älter wird, lernt man sich bescheiden – Kopf hoch, Kollege! Wer weiß, was dieser alte Boden noch birgt. Hier unter uns liegen sie vielleicht, die alten Götterbilder, Marmor an Marmor, Erz an Erz – schlummern, warten, daß Sie sie wecken, Kollege – eine Welt voll Bilder, herrlich, strahlend, sündlos – sie lächeln uns an –«

»Lächeln?« sagte Stellach. Er stand auf. Dabei stieß er an die Papierlaterne, die über ihrem Tische hing. Die Laterne schwankte. Bunte Lichtstreifen glitten geisterhaft über die Gesichter der Gelehrten. Einer sah den andern schillern. »Lächeln?« Stellach griff müde mit der Hand nach seiner Brust – »Sie irren sich, Herr Hofrat.«

Schlaub zog ihn auf den Strohsitz nieder: »Lassen Sie den Denkmälerschatz vor Ihrem geistigen Auge vorüberziehen – der Gesamteindruck bleibt dieser: sie lächeln – jenes unheimlich ernste antike Lächeln.«

»Sie irren doch, Herr Hofrat« – Stellach schüttelte traurig den Kopf – »die Bilder haben eben erst begonnen mit Lächeln.«

»Begonnen?«

»Seit –«

»Seit?«

»Seit sich die Wissenschaft mit ihnen beschäftigt, Herr Hofrat.«

Der Hofrat hielt sein angehobenes Glas in der Luft still, sein Mund stand offen – er hatte eben lachen wollen. Aber das Lachen kam nicht mehr.

»Ja. Seitdem erst lächeln sie«, fuhr Stellach fort. »Vorher waren sie ernst, wie sich's für Götter schickt. Unbeteiligt, fremd und ernst. Dann kam eines Tages der erste von uns, fand ein solches vergessenes Bild, sah's an, drehte es um und um, maß, untersuchte, reinigte, ergänzte – ohh, und schaffte es fort. Irgendwohin. Das ziellose Wandern der Bilder um die Erdkugel fing an. Und in jener Stunde begann der Mund des ersten Bildes leise zu lächeln, kaum merklich noch. Aber andre kamen, neue Gelehrte, neue Bilder – Forscherbrigaden, Erzarmeen, Marmorheere setzten sich in Bewegung – die Bilder, in Reih und Glied, sahen sich an, sie lächelten ein wenig mehr –«

Der Hofrat rieb langsam seine Nase. Dann trank er. Und nun sah er Stellach schmunzelnd von der Seite an. Aber der bemerkte den Blick des Meisters gar nicht. Er malte seine Vision weiter aus: wie es rumpelte in der Erde, immer neue Bilder heraufstiegen – nicht in Gottes Sonne, sondern unter ungeheure Glasdächer – nicht umtost von Saitenspiel, von Tränen nicht mehr naß, nicht mehr umklammert von heißen Menschenarmen – nein, die Götter bekamen Nummern; flüsternd liest ein fremdes Geschlecht die Zahlen, schlägt in Büchern nach und weiß nun, wer die Götter sind – nicht mehr das Rauschen der Platanen, nicht der Duft blühender Weinreben umweht sie: der Staubwedel des Dieners nur ...

Hofrat von Schlaub wollte einige scharfe Anmerkungen zu diesen unziemlichen Lästerungen machen. Aber er verschluckte die Zurechtweisung. Im tiefsten nahm er ja die ganze Sache gar nicht so ernst, und er wußte, daß er gerade dieser Begabung zum Gleiten seine großen Erfolge im Leben und Beruf verdankte. Schlaub strich über seine Glatze: noch spannt sich lebendige Haut über den Schädel. Wie lange denn noch ... Ach was – wir wollen Spaß verstehen. Und vollends heute sollte dem jungen Mann, dem so viel abgenommen worden war, wenigstens nichts übelgenommen werden. Er lachte nur: »Und welches Bild, Kollege, mag es gewesen sein, das zuerst gelächelt hat?«

»Welches – nun, jedenfalls ein Weib.«

»Ihr Wohl, Lieber! – Aber – nicht wahr: jetzt ist doch nach Ihrer Ansicht der endgültige Ausdruck des Lächelns erreicht? Wie? Oder sollte –«

»Oder fängt plötzlich eine Statue eines Tages laut zu lachen an? Eine ernste Erwägung – denken Sie, wir stehen da, arbeiten – und da lacht eine, noch eine, zehn, hundert – zulegt lachen alle! Ein donnerndes Gelächter erschallt –«

Schlaub ließ sich von der weinbezauberten Vorstellung fortreißen: »Jede korrekte Untersuchung wird unmöglich!« rief er.

»Und jeglicher Abtransport, alle Fortbewegung der Standbilder ist ausgeschlossen«, ergänzte Stellach, »straßenweit hört man sie lachen –«

»Die Welt« – Schlaub machte eine kreisrunde Armbewegung – »die Welt hallt wider vom Gelächter der Antike!«

Ja, der alte und der junge Gelehrte unterhielten sich vortrefflich. Stellach vergaß seine berechtigten Besorgnisse – außerdem: er *besaß* ja das lächelnde Erzweib! Schlaub vergaß seine berechtigten Besorgnisse – außerdem: er *besaß* ja das lächelnde Erzweib! Besitz machte sie fröhlich: zwei Kollegen, die gleichzeitig übereinander gesiegt hatten. Einer wußte das Erzweib in seinem Schlafzimmer, der andre in seinem Batteriestand eins bei Steuerbord – sie hielten ein Gelage ohnegleichen. Ihr Nachtgespräch am Fuße der Akropolis geriet immer tiefer, seit zwischen ihnen die große Frage klaffte, ob statt der Zukunft, mit deren Mißtrauen alle Gegenwärtigkeiten von jeher zu rechnen gewohnt sind – ob nun etwa auch die Vergangenheiten sich nach uns umwenden und in Gelächter ausbrechen könnten … Es mußte wohl in dieser Stunde der attische Geist aus dem lockeren Boden unter ihren Füßen dampfen und einen allerletzten Hauch von der Freiheit des griechischen Geistes wie elektrisches Gewölk um ihre Häupter blasen. Manches frohe Fest soll Athener Volk in dieser Schenke gefeiert haben, aber seit Menschengedenken war es zwei einzelnen Männern nicht geglückt, so viel Heiterkeit von sich zu geben. Und dabei befand sich genau über Schlaubs Strohhut, achtzehn Meter darüber, rundgerechnet, der Areopag …

»Prost, Stellach – ich werde Ihrer gedenken! Wenn Sie je Unterstützung brauchen – haha: der Kollege Brennfleck, der immer gegen mich intrigiert, kommt ins Museum, überreicht mir sein neues Werk über die Danae. Mein Gott, ruft er, sie war doch während der Fahnenkorrektur noch ernst und jetzt lächelt sie. – Lassen Sie, Brennfleck, lassen Sie, sage ich, Ihre Bücher behalten trotzdem ihren Wert, aber lächelnde Danaes – ich bitte Sie! In Ihrem Alter! Aber Brennfleck hört mich nicht, sieht mich nicht, sieht nur das verdammte neue Lächeln, kauert nieder am Sockel, zieht den Bleistift, beginnt zu korrigieren im Schweiße seines Angesichts – und plötzlich lacht es über ihm – lacht! Melodisch, herzlich! Er starrt hinauf … sie lacht … Nein, nein, Stellach, wenn Sie je eine Unterstützung brauchen für Ihre Arbeit: Sie wissen, mein Beiname ist der Zuverlässige – ein Wort, ein Schlaub!«

Stellach schüttelte den Kopf: »An Kollegs im Angesicht der unruhig gewordenen Originale ist nicht mehr zu denken.«

»Und wenn der letzte Museumsdiener irrsinnig geworden ist, müssen die Museen geschlossen werden für immer –«

Die beiden riefen in dieser Nacht den attischen Geist so frevelhaft an und lachten so schallend, daß der Pädhí immer näher kam und die so unmenschlich Fröhlichen neugierig betrachtete. Der Wirt kam auch und der Koch, und schließlich rückten nach und nach sogar die drei Liebespaare aus ihren Rohrgebüschen ins Mondlicht heraus, um hören und sehen zu können, was denn hier vorging. Die

fremden Worte verstanden sie freilich ebensowenig, wie die zwei
Kollegen sich und ihre Heiterkeit in dieser Stunde gegenseitig verstehen konnten, aber das Gelächter der Gelehrten ging den Athe-
nern ein und zuletzt lachten sie alle mit: elf Menschen verstanden
sich nicht und lachten in dieser Nacht, lachten unbekümmert anei-
nander vorbei – einer angesteckt vom Glück des andern: oh Athen,
veilchenbekränztes, glanzvolles, neidwürdiges – unser Athen du!

Gegen Morgen verfaßte Stellach, übernächtig und eilig, im Schreib-
zimmer der Gesandtschaft einen etwas flüchtigen Bericht über einen epochemachenden Fund und dessen voraussichtliche Ankunft,
bat um sofortige Beförderung dieses wichtigen Schriftstückes durch
einen Sonderkurier und verließ rasch den Schauplatz seiner Taten.

Um zehn Uhr begann das österreichische Postschiff langsam zu
drehen. Stellach stand am Heck. Dort drüben lag S. M. Kreuzerkorvette. Die Sonne blitzte auf dem Bronzegeschütz in Steuerbord,
Batteriestand eins – Stellach nickte befriedigt. Das Erzweib war
geborgen. Auch um Schlaub und Schlaubs schmerzliche Gefühle in
vermutlich grade dieser Stunde grämte er sich nicht: je älter man
wird, desto mehr lernt man sich bescheiden, hatte der Hofrat gesagt. Stellach wollte pflichtbewußt und gewissenlos sein wie der
lachende Morgen auf diesem ehrwürdigen Gewässer. Aber seit die
Arbeit getan, seit das Freiheitsgefühl der Abreise sein Herz schwell-
te, schien sich dieser Muskel zu lockern, zu öffnen. Die menschli-
chen Rechte begannen die beruflichen Pflichten undeutlich zu machen. Das Schiff hatte seinen Kurs nach Süden genommen. Zu seiner Rechten sah Stellach Ägina steil aus dem stahlblauen Wasser
ragen. Mächtig erhob sich aus den Felsen der Gipfel des Oros. Und
genau hinter dem Oros wußte er eine graue kahle ernste Küste.
Vier, fünf Stunden landeinwärts – und Stellach wäre in Charwati
gewesen. Das Schiff glitt weiter. Er mühte sich, jene Küste zu erblicken, aber andre Inseln schoben sich ins Bild – da, ein blasser Streif
– er wußte nicht, ob das die Argolis war. Über ihm knatterte das
Segeltuch, tief unter ihm schäumte weißwirbelnd das Kielwasser.
Stellach aber hörte gedankenversunken dieses Wasserrauschen als
Regen. Er sah sich in eine Halle treten, ein Herdfeuer blinkte, ein
Mädchen lächelte ihn an: woher kennst du mich? Sie brachte den

Hirtenmantel, die Bettdecken. Stellach atmete tief: »Und ich? Ich habe eine Figur aus Metall an mich gebracht.« Immer rascher, unaufhaltsam, glitt das Schiff nach Süden. Er machte eine Bewegung, als ob er über Deck springen wollte. Zu spät. Stellach blickte auf: da drüben erhob sich der Fels von Sunion aus dem Meer wie ein strahlender Gruß Griechenlands an diesen Seefahrer mit dem falschen Kurs. »Das Zeichen bleibt!« – Er nickte hinüber zu dem braunvioletten Felsen mit dem Marmortempel auf seiner Höhe: »Ich komme wieder, Helena. Und dann halte ich mich an dich, nicht an dein Gleichnis.«

Die Küste stand nur noch als feiner Strich am Horizont. »Auf Wiedersehen« murmelte Stellach – und diesmal meinte er endlich die Wirklichkeit. Sehnsüchtig lag sein Blick auf dem entschwindenden Griechenland. Der Schmerz des Abschieds packte ihn mit liebender Gewalt. Er sah im Geist die schimmernden Säulensäle, die Trümmer, die Bildwerke: herrlich – gewiß, aber Stellach schüttelte den Kopf. Er glaubte den Hauch von Thymian und Minze zu spüren, hörte Platanen rauschen, sah sich unter den blühenden Oleandern am Eurotas im Grase liegen. Frauen und Mädchen wuschen neben ihm die schweren Ziegenhaardecken: »Griechenland ist mehr als ein kostbares Grab.« Stellach nahm den Hut ab: »Welch ein Volk! Ein Volk, das vermocht hat, über die ungeheuren Schatten seiner Vorfahren Herr zu werden und selbst zu leben. Zu leben trotz Denkmälern und Steinen und Geschichten und uralten Versen! Das lebendige, das gegenwärtige – unser Griechenland! Wann höre ich euer kalós oríssate wieder – –«

Der doppelt Liebende stand am Heck des hinjagenden Schiffs und begann eine große Rede an Griechenland zu halten, wie weiland der heilige Franziskus den Delphinen predigte, die eben dem Doktor Stellach in den Wellen unten spielend und fröhlich das Geleite gaben – bis dorthin, wo das Wasser kälter wird.

Hofrat von Schlaub tauchte die Zahnbürste in das weiße Pulver, rieb sein gesundes Gebiß blitzblank und sah sich mit Hilfe des Spiegels in die gewitzten Äuglein. Ein großer Tag brach an. Der Hofrat war ernst. Er hörte auf zu putzen und wandte sich nach der antiken Aphrodite um, die in der Mitte des Zimmers stand. Mit der Zahnbürste zählte er am Daumen, am Zeigefinger, Mittelfinger, an allen Fingern und dann am Daumen wieder von vorne die vielen Punkte auf, die er heute zu beachten hatte, um Aphrodite außer Landes zu bringen. Er wußte alle seine Punkte noch. Rasch kleidete er sich fertig an, schritt zur Tür – aber ehe er draußen abschloß, riß er sie jäh wieder auf, starrte die Statue an: hatte sie nicht eben gelacht? Forschend blickte er dem Erzwerk aus dem fünften vorchristlichen Jahrhundert in die Augen – nein, sie lächelte nur. Lächelte wie immer.

»Eine tolle Nacht«, sagte Schlaub mißbilligend zu sich. Und so große Eile der Hofrat hatte, nahm er doch unterwegs noch einige Oliven und etwas Whisky mit Soda zu sich. Das schlägt nieder. Rascher ging er der Hephästosstraße zu.

In der Werkstatt bei der Dattelpalme hatte sich allerlei verändert. Philippos räumte seine Klingeln und Ziegenglocken wieder an ihren Ort. Lambros, der Fuhrmann aus Laurion, sammelte die Abfälle der Statuenbronze auf und lud sie in seinen Wagen. Aus solchem Zeug könne kein Mensch eine anständige Ziegenglocke gießen, hatte Philippos mit Recht gesagt. »Fort damit. Zum Einschmelzen.« Es kam eine Menge Abfälle zusammen, und es war gut, daß Lambros heute zwei Maulesel vor seinem Wagen hatte.

Nur das Gipsmodell mit dem Helenenantlitz, nach dem die Aphrodite gegossen war, welche Stellach unter den Kanonen auf S. M. Kreuzerkorvette verstaut hatte, lag noch auf dem Boden.

»Was machen wir mit ihr, Jannis?«

»Ich muß endlich nach Hause. Schlag's entzwei.«

Philippos schüttelte den Kopf: »Zerschlagen? Schade drum« – wie ein armes Weib lag sie lächelnd, hilflos auf dem Hof – »bleib noch eine Stunde hier, Jannis. Wir graben sie ein.«

Jannis knurrte, aber er half. Unter der Dattelpalme hoben sie ein Grab aus, zwei Meter lang, ein Meter breit. Dann faßten sie das Mädchenbild, Philippos an den Füßen, Jannis an den Schultern, und legten es sanft hinein. Jannis begann zu schaufeln.

Philippos aber stieß den Spaten in den Erdwall und kratzte sich hinter den Ohren: »Hast du's gesehen, Jannis? Der Fremde hat ihr einen Kuß gegeben wie einem richtigen Weib.«

Jannis zuckte mit den Achseln: »Schaufle los.«

»Du, Jannis, ich möchte wissen, warum er das andre Erzweib auch noch will.«

»Ich habe es eilig, Philippos. Mach zu. Warum? Vielleicht weil die neue Figur, die der Italiener für Loverdo gemacht hat, länger hält als die alte.«

»Hm. Die alte, die du gefunden hast, ist sehr alt. Viel ist nicht mehr mit der. Manche Stellen sind wie zerfressen. Und Sprünge hat sie auch.«

»Na ja. Sie geht eben langsam ein.«

»Jannis, hör mal zu: warum nennt eigentlich Loverdo die schlechte Figur echt und unsre neue gute Figur unecht?«

»Ich denke, weil sie billiger ist«, sagte Jannis und warf noch eine Schaufel Erde auf das lächelnde Haupt der Göttin.

»Billiger – hm. Und dabei besser – hm, hm. Jannis, was ist das eigentlich: echt?«

»Was echt ist?! Hahaha!« – der Hofrat war, von dem fleißigen Jannis und dem grübelnden Philippos unbemerkt, in den Hof getreten – »was echt ist? Kinder – das hat schon mancher beim Begräbnis gefragt« – er trat heran – »was begrabt ihr denn da eigentlich?«

Philippos schlug ein Kreuz. Jannis legte seine Schaufel hin. Jetzt kriegt der auch so einen Anfall wie der andre Fremde, dachte er. Aber Hofrat von Schlaub blieb ganz still. Er sah in die Grube, wischte über die Augen, sah wieder hinein. Dann blickte er den beiden Griechen ins Gesicht. Er zog Jannis an sich heran: »Wo habt ihr den Gipsabguß her?« Jannis schwieg. Schlaub hielt seine Hand fest und zog nun auch den Philippos zu sich: »Warum wollt ihr ihn verstecken?«

Schweigen. Endlich sagte Philippos: »Weil ich ihn nicht zerschlagen wollte.«

Schlaubs Mund wurde schmal wie ein Strich. Er sah eine Weile weder die Griechen noch den Gips an. Das große Blatt der Dattelpalme schien er zu prüfen, so genau blickte er hin. Dann kniete er plötzlich am Rand der Grube nieder und sprang hinein. Stück für Stück des Gipsabgusses, bei den Beinen anfangend, besah und betastete er. Sein weißer Anzug war ganz mit Erde befleckt. Philippos begann sie abzustäuben und abzuklopfen – der Hofrat merkte es gar nicht. Er tastete. Schon war er bis zum Kopf gekommen. Er schob die Erde mit der Hand zurück, damit der Hals freilag. Rings um ihn lief eine feine Naht. Schlaub wendete die Figur, damit auch der Nacken freilag. Ganz langsam fuhr Schlaubs Finger die Linie entlang. Jetzt war er herum. Die Naht war lückenlos. Er hob seinen Kopf ein wenig zu den Griechen hinauf – auf seiner Stirn standen dicke Schweißtropfen. Dabei war es in der Erdgrube kühl. Jannis betrachtete fast neugierig, wie sich der Lord da unten aufführte. Philippos und er verstanden nichts von dem aufgeregten Wesen, das die Fremden mit den Figuren machten.

Jetzt begann Schlaub endlich zu reden. Er sagte gedämpft: »Eine – – Fälschung.« So leise der Hofrat gesprochen hatte, blickte er sich doch nach dem furchtbaren Wort erschrocken um, ob jemand gelauscht, ob jemand gelacht hätte ... Niemand – sie waren unter sich mit dem Weib aus Gips. Schlaub lehnte sich ohne Rücksicht auf seinen weißseidenen Anzug an die Grabwand, fuhr mit dem erdigen Ärmel über sein schweißbedecktes Gesicht: »Wenn ich sie nach Hause gebracht hätte! Bauern wollen vor wenig Tagen eine Bronze ausgegraben haben, und hier liegt ihr Gipsmodell?«

Bis zur Betrachtung des Aphroditenkopfes war er noch nicht gekommen: sein Auge hing gebannt an der Gefahrenstelle, an der fachmännisch gearbeiteten Halsnaht. Der Gips konnte kein gewöhnlicher Abguß sein. Daß hier gefälscht worden war, stand außer Zweifel. Der Hofrat dachte an den Saal in seinem Museum, wo sie einmal stehen sollte – und eines Tages kam dann Kollege Brennfleck und konnte beweisen, daß er eine Fälschung gekauft hatte? Schlaub sah seine wissenschaftliche Unfehlbarkeit und damit sein Dasein zergehen wie Rauch.

»In der letzten Sekunde habe ich's entdeckt« – der Hofrat faltete seine Hände: »Gott sei Dank«, sagte er leise.

Philippos traute seinen Augen nicht: »Der eine küßt, der andre betet, und Geld lassen sie sich's beide kosten . . .«

Der Gedanke, haarscharf an tödlicher Gefahr vorbeigekommen zu sein, gab dem Hofrat die alte Energie wieder. Er war kein Anfänger – bei Gott: einen Museumsmann wie ihn betrog man nicht! Mit der linken Hand hob und stützte er den Nacken des Gipsmodells, mit der flachen Rechten schlug er von unten seitlich gegen das Kinn. Noch ein Schlag. Der Kopf löste sich ohne zu brechen sauber in der Naht. Erstaunt guckten ihm die Griechen zu. Statt aber in diesem denkwürdigen Augenblick den Kopf der Figur von der Erde zu reinigen und ein wenig genauer anzusehen, studierte Schlaub triumphierend die Gipstechnik dieses Aphroditenhauptes: der fünfkantig gearbeitete Zapfen am Halsende des Kopfes paßte genau in das Halsende des Rumpfes. Den Gipskopf in der Hand kletterte der alte Herr mit erstaunlicher Gewandtheit aus dem Grab des gefährlichen Mädchens: »Ihr versteht von solchen Arbeiten nichts. Ich will wissen, wem das Gipsmodell gehört!«

»Dem Loverdo, Herr.«

»Dem Händler aus Istanbul? So so so. Aber der kann's auch nicht selber. Wer hat das Modell zu dem Bronzeguß gemacht?«

»Ein Italiener. Pieroni heißt er.«

Plötzlich klatschte auf dem Hofpflaster ein Schlag, ein schwirrendes Bersten. Der Kopf des Gipsmodells zerstiebte in tausend Splitter, ehe ihm der Hofrat noch seine volle Aufmerksamkeit geschenkt hatte: wie ein gefährliches Reptil schien er den Kopf von sich schleudern zu müssen.

»Ist er so schlecht gemacht, Herr?«

Diese dumme Frage hatte ihm noch gefehlt! Pieroni! Der Alb in den Träumen des Hofrats, die ständige Bedrohung seines Berufs, seiner ganzen Arbeit! Pieroni, der bedeutendste Fälscher der Gegenwart! Schlaub begann auf dem Hofe hin und her zu laufen: zu Hause, in der linken Ecke des kleinen Oberlichtsaales, stand ein Faun. Ein herrliches Marmorwerk – niemand ahnte etwas. Nicht ein Schatten von Verdacht fiel auf den Faun. Aber ihm, dem Direktor, war da eine Mitteilung zugegangen, ein Werkzeug vorgelegt und der Name Pieroni genannt worden . . .

»Schweigt!« schrie Schlaub.

Aber Jannis und Philippos hatten gar nichts gesagt.

Der Hofrat warf mit dem Fuße einen Splitter des gipsernen Kopfes beiseite: »Daß ich nichts, aber auch nichts Verdächtiges an der Bronze gemerkt habe«, murmelte er und sah das Lächeln der Aphrodite ganz deutlich vor sich.

»Jannis! Wo hat dieser – dieser Pieroni den Kopf der Figur her!«

»Von einem griechischen Mädchen, Herr.«

Also Naturabguß – ein unerhört geschickt bearbeiteter Naturabguß. Nun war auch der letzte Zweifel des Hofrats beseitigt. Freilich auch die letzte Hoffnung. Er stand unter der Dattelpalme still und sah in das Grab hinunter. Wenn nur der leiseste Hauch einer verschwommenen Ahnung dieses seines Ankaufs mit den Fledermausflügeln des Gerüchts durch die Säle seines Museums huschte – der Hofrat schauderte und vergaß über der Angst die Aphrodite. Was lag da unten! Eine kopflose Figur: Gips, ein Zentner weiße Erde. Jetzt ging es um Wichtigeres als Figuren: »Gib mir den Schein mit meiner Unterschrift zurück.«

Philippos holte den Zettel. Schlaub zerriß ihn in unzählige winzige Stückchen, die der Wind spielend über die Splitter des Helenenhauptes und das offene Grab hinblies. Schlaub atmete auf.

»Du holst die Figur bei mir im Fremdenhof ab.«

»Aber deine Figur –«

»Sofort holst du sie. Meine Beweise sind schlüssig. Schwatz nicht. Ich mag sie nicht mehr sehn.«

Küssen – beten – und jetzt nicht mehr sehen? Philippos wußte es jetzt bestimmt: auch von Erzweibern kann das hitzige Fieber kommen.

Athen war damals noch keine so große Stadt wie heute. Das unaufhörliche Hin- und Herfahren einer verhüllten Gestalt mußte schließlich auffallen. Straßauf, straßab nicht nur – ein Gerücht, daß sogar nachts eine Bewegung treppauf, treppab stattfände, war aus dem Fremdenhof in die Stadt gedrungen. Sogar im Piräus wollten Leute einen Karren mit der geheimnisvollen Gestalt gesehen haben. Die einen sagten: ein nacktes Weib, die anderen: ein verhülltes. Jedenfalls stand fest, daß in Athen zur Zeit etwas in Bewegung geraten war, was sich besser nicht bewegte. So stellten sich denn heute auf dem Trümmerplatz *zwei* Wachtleute auf, um nach dem Rechten zu sehen.

Nur zu bald erschien Jannis mit seinem Karren, auf dem aber nur Decken und Stricke lagen. Die Wächter stießen sich mit dem Ellbogen an und traten hinter einen byzantinischen Mauerpfeiler, um der Dinge zu warten, die sich nun ereignen würden. Schon nach ein paar Stunden wurde ihr Eifer belohnt. Jannis kam mit seinem Karren wieder die Straße herauf. Er hatte offenbar schwer zu ziehen, fuhr langsam, hielt zuweilen an, wischte den Schweiß. Scharf sahen die Wächter hin: bei Gott! Da lag das verschnürte Bündel drauf.

»Halt!«

Jannis erschrak. Die Wächter kamen auf ihn zu. Er gab dem Karren einen Ruck, wendete –

»Halt!!«

Jannis packte mit aller Kraft die Deichsel und riß aus. Aber dieses Spiel war ungleich. Keine Straßenlänge, und die Wächter hätten ihn so sicher am Kragen wie die Aphrodite am Strickknoten gehabt, wenn jetzt nicht eines jener Wunder geschehen wäre, wie sie auf attischem Boden, wo die Götter noch leben, der Natur gemäß sind. Aphrodite kam aus dem Schlafzimmer des Hofrats von Schlaub, und *diese* Aphrodite war eine wirklich antike Göttin, und *diese* echte Aphrodite hatte das Gaukelspiel auf Erden, den Narrentanz um ihre Gottheit nunmehr satt: Jannis rannte mit seinem Karren in die Naxosgasse. Die Wachleute kamen immer näher. Er bog in die Sitíagasse. Die Wachleute waren erschreckend nahe. Aber hier erwies sich, daß nicht Jannis allein mit seinen unzulänglichen zwei Beinen auf der Flucht begriffen war. Aphrodite selbst ergriff nun die Flucht vor der glorreichen Gegenwart, in die sie durch Jannis' Schuld geraten war. Die Sitíagasse nämlich geht steil bergab, führt in die noch abschüssigere Kleomenesstraße, und diese mündet in die ganz gefährlich abwärtsstreichende Drakoneragasse. Bis zur Sitíagasse zerrte Jannis seine Last wie ein Verzweifelter vorwärts. Jetzt aber bekam Aphrodite das Übergewicht und trieb den Karren samt Jannis mit ihrem gewaltigen Erzgewicht die Gasse hinab und vor sich her. In der Kleomenesstraße sauste Jannis bergab. Und an der Mündung in die Drakoneragasse wäre er bestimmt unter die Räder Aphrodites gekommen, wenn sein vom Schwergewicht des aphrodisischen Erzes besessener unaufhaltsamer Karren nicht plötzlich mit einem Donnerschlag vor das friedlich seine Straße ziehende Mauleselgefährt geplatzt wäre, auf dem Lambros saß, der Fuhrknecht aus Laurion.

»Lad auf!« schrie Jannis.

Im Nu lag das Erzweib auf den Metallsplittern, die Lambros aus des Philippos Werkstatt nach dem Hüttenwerk beförderte.

»Fahr zu!« Lambros hieb auf die Maulesel, und in schlankem Trab verschwand das Gefährt um die Ecke.

Die Wachmänner – brave Leute, aber eben nur zu Fuß und nicht von der schrecklichen Last eines Erzweibes wie im Fluge die abschüssigen Pfade hinabgedrückt – erreichten endlich auch die Drachengasse. Entgeistert starrten sie die Trümmer des Karrens an. Zu dieser Mittagsstunde war die brütendheiße Gegend ganz einsam.

»In dem Bündel muß der Satan sein, Zannos.«

Ein altes Weiblein, auf ihren Stock gestützt, bog um die Straßenecke.

»Hast du den Kerl gesehen, der zu dem Karren gehört?«

»He?« – die Alte war schwerhörig.

»Verflucht! Ob du ihn gesehn hast, den Hund!« schrie ihr der eine Wächter ins Ohr.

»Hund?« Die Alte schüttelte eifrig den Kopf und zeigte auf das Straßenschild: »Drache, Herr. Drache heißt sie.«

Der Wachmann blickte zu dem Schild hinauf: »Drachengasse« – er sah sich scheu um – »komm, Zannos. Schnell.«

Auf den Pflastersteinen brannte Sonnenglut. Die Alte bückte sich ächzend, begann von den Trümmern des Wagens der Aphrodite aufzulesen, was sie in ihren welken Armen schleppen konnte, und kicherte vor sich hin: »Verloren . . . für mich . . .«

Jannis hatte sich auf dem Wagen zurechtgesetzt. Lambros gab seinen Mauleseln gleichmütig einen Peitschenknips. Er war Erzfahren gewohnt von Jugend auf. Barren, Figuren, Klingeln, Abfälle – was man ihm auf den Wagen schmiß: Erz ist Erz. Und Erz ist zum Schmelzen da. Er wunderte sich gar nicht. Nur Durst hatte er bei der Hitze.

»Wo fährst du hin?« fragte Jannis.

»Nach Megáli.«

»Eilig?«

»Nu – so.«

»Du mußt einen Umweg machen. Fahr an Megáli vorbei, Lambros. Eine halbe Stunde bloß. Die Straße gradeaus weiter.«

Lambros schüttelte seinen dicken Kopf: »Da fahre ich ja ins Meer.«

»Dort will ich hin mit meiner Figur.«

»Ins Wasser?!« – Lambros riß vor Schreck an den Zügeln –

»Falsch, Jannis. Ganz falsch. Erz gehört ins Feuer.«

Jannis zeigte mit dem Daumen über die Schulter auf die Statue: »*Die* Sorte dahinten nicht. Die hat den Teufel im Leibe. Verträgt keine Menschen, Lambros. Ich habe genug. Ins Wasser. Fische reden nicht.«

»Schade drum.«

»Um die oder um mich, he? Denkst du, ich will mich noch einsperren lassen wegen ihr? Fahre schneller. Ich zahle eine Oka Weißen, Lambros.«

Ein ganz schmaler Pfad führte durch dorniges Gestrüpp steil hinab zu der kleinen, fast verlassenen Hafenbucht am Fuße des Sunionfelsens. Brombeeren verflochten Heide und Mastix, Lorbeer und Wolfsmilch mit stachlichtem Gebüsch zu einer undurchdringlichen Pflanzenmauer. Jannis und Lambros gingen Schritt für Schritt mit ihrer Last. Der Dorn riß ihre Fäuste blutig, die, ohne ausweichen zu können, das schwere Erzbild klammernd gepackt halten mußten. Zwischen dem schwer und süß duftenden Laub der Macchia war das schwankende fahlgrüne Erzbild zuweilen kaum zu erkennen. Jannis trug an den Füßen der Figur. Und ob auch die Last schmerzhaft in seinen Armgelenken zerrte, suchte er doch nach dem lächelnden Antlitz vor ihm, wenn er es nicht mehr deutlich unterscheiden konnte vom Laub und den blassen kurzen Schatten des Dickichts: er hatte Angst, es könnte ihm doch noch entrinnen und neues Ungemach schaffen. Lambros war Lasten gewohnt. Aber Jannis stöhnte manchmal und erschrak dann selbst, so laut klang das Ächzen in dieser Einöde, die nur vom Aufflattern wilder Tauben unterbrochen wurde, wenn die weißen Schwärme ihre Nester in den Klüften suchten.

Das Rauschen des Meeres wurde langsam vernehmlicher. Schon lag das Ufer nahe vor ihnen. An seinen zarten Sandsaum spülte feierlich atmend das traubenblau und purpurn streifige Meer schaumlos ruhige Wellen. Die blassen Felsen der Inseln draußen hoben sich sanft aus dem Wasser, aber jäh und furchtbar stieg nahe dem schlafenden Hafen der braune Felsen des attischen Kaps in die Höhe und hielt den Tempel des Gottes der Meere weißglitzernd mitten in den dunklen Zenith der Himmelsglocke hinein.

Jannis und Lambros schleppten das Erzbild zu einem der Fischerboote. Es war schwer, die Göttin vom Ufer in das schwankende Boot zu heben.

»Laß sie doch hier liegen, Jannis.«

»Ehe die ihre Ruhe nicht wieder hat, haben wir alle keine. Verlaß dich drauf – ich habe was erlebt mit ihr. Noch einmal – los!«

Einen Augenblick neigte sich das Boot zum Kentern schief. Aber endlich lag auch diese Aphrodite in ihrem Schiff. Jannis rückte sie so, daß ihr Haupt über die Bootsspitze ragte – ein Gallion, wie niemals eines dem Schiffsbug voran über den Wellen schwebte: ruhevoll lächelnd, lag sie auf dem sonnenheißen Bootsholz.

Jannis ergriff die Ruder. Mit kräftigen Schlägen trieb er das Boot ins tiefere Wasser. Draußen, wo die Strömung des freien Meeres die inneren Gewässer der Bucht zu kreuzen beginnt, liefen die Schaumkämme rascher. Jannis hütete sich, diesem uralten Ort der Untergänge zu nahe zu kommen, und zog die Ruder ein. Jetzt faßte er die Füße der Statue, hob sie auf den Bootsrand. Aber die Gefahr des Kenterns war groß. Er mußte sich ganz weit nach der anderen Bootsseite auslegen, um das Gleichgewicht herzustellen. Mit Schrecken merkte Jannis, wie viel mehr Gewicht ein Erzweib hatte als er selbst. Zollbreit schob er die Bronze über den Bootsrand. Immer weiter. Der Angstschweiß trat ihm auf die Stirn. Plötzlich gab es einen Schlag: ein splitterndes Ruder mitreißend bekam die Statue das Übergewicht – einen Herzschlag lang stand Aphrodite aufrecht, noch einmal aufrecht in der Sonne – dann trafen das Boot zwei, drei Stöße des anschlagenden Metalles – sie war verschwunden. Jannis ließ sich auf den Boden des Kahns fallen, rappelte sich auf, starrte mit offenem Mund über die Bootswand: kristallklar war das Wasser, aber Jannis sah nichts. Es mußte in bodenlose Tiefe gehen. Keine Blasen stiegen auf, kein Schaum. Ruhig hoben sich die Wellen, senkten sich. Erlöst faltete Jannis die Hände. Drüben am Ufer flatterte ein weißer Taubenschwarm hoch, wie eine Wolke, wirbelte in einem jähen herrlichen Bogen zu den Säulenreihen hinauf und verschwand in dem schimmernden Marmorhaus, das die lebenskundigen Griechen dem Vater der Gewässer zuvörderst an ihrer Küste erbaut haben auf dem höchsten Riff.

Jannis atmete auf. Dieser fromme Ausgräber der Aphrodite war der Gottheit eben ganz nahe gewesen, denn ihn schützten keine Buchstaben und Zahlen.

Langsam ruderte er zurück. Sein Blick lag auf dem fernen Horizont. Ganz weit draußen sah er eine Rauchfahne. Es mußte ein großes Schiff sein, ein fremdes Kriegsschiff, das von Piräus kam und seiner Heimat zueilte ...

»Die fahren weiter als ich«, sagte Jannis. Sein Boot knirschte im Ufersand. Er stand auf: »Aber sie kommen auch später nach Hause.«

Die Kabinen in dem alten österreichischen Postschiff waren eng, dazu dürftig eingerichtet, und Stellach, der seine Abreise etwas unvorbereitet anzutreten gezwungen war, hatte mit Mühe noch einen Platz in einer zweibettigen Kabine bekommen, glücklicherweise die obere der beiden übereinandergestellten hölzernen Kisten. Bei dem Anblick dieser Bettstatt gedachte er neidvoll seiner Aphrodite. Die ruhte besser als er, und ihre Kabinengenossin war ein zuverlässiges Geschöpf: eine Kanone. Stellach mußte warten, wen das Schicksal ihm als Fahrtgenossen bestimmen würde. Mißtrauisch sah er ihn heranwandeln: einen betagten, braunhäutigen Herrn mit einem gewaltigen Bart, zwar europäisch gekleidet, doch derart, daß man Rock, Kragen und Beinkleid als Maskerade empfand und jeden Augenblick glaubte: jetzt – jetzt wuchert ein Turban aus der Röhre seines Zylinders! Zudem führte dieser Mann eine unwahrscheinliche Menge sogenannten kleinen Gepäckes mit sich. Nach näherer vorsichtiger Beobachtung begann Stellach zu argwöhnen, daß sich in keiner der Schachteln etwa frische Wäsche oder gar ein Stück Seife befand. Vielmehr enthielten diese Gepäckstücke, wie Stellach bald feststellen konnte, zum einen Teil den umfangreichen Mundvorrat eines Reisenden, der sich in entlegene Wüsteneien begeben will, zum andern aber Muster von Landesprodukten seiner schönen Heimat: der Mann hieß Kebab, war Meerschaumhändler und befand sich auf dem Wege nach dem weltbekannten Mittelpunkt der Meerschaumschnitzerei, nämlich nachdem Ort Ruhla im Inneren von Thüringen. Seit jenen Nächten an Bord des Postschiffs setzte sich in Stellach ein Haß gegen Meerschaumpfeifen fest, und man konnte ihn später erklären hören: er wisse jetzt, warum Meerschaum die Eigenschaft habe, sich fettig anzufühlen. Jedenfalls würde der Mann Kebab aus Eski-Schehr bis Triest an Bord bleiben, und der Gelehrte dankte Gott, daß seine Karte nur auf Brindisi lautete, wo er an Land gehen und die ein wenig plötzlich abgebrochene griechische Reise durch eine entsprechend verlängerte Studienfahrt in den Gefilden Italiens ausgleichen wollte. Dieses Dankgefühl angesichts der verkürzten Seereise war durchaus zu verstehen, denn schon in der ersten Nacht erwies sich die Unausführbarkeit von Stellachs Plan, möglichst lange an Deck zu bleiben, um den Aufenthalt in der Kiste über dem Meerschaum von Eski-Schehr tunlichst knapp bemessen zu können. Auf Deck konnte er freilich nach Belieben bleiben und zusehen, wie die Sternbilder am Himmel wanderten. Als er aber in die Kabine kam, entdeckte er, daß der Meerschaum seine gesamte Lagerstatt überflutet hatte. Schachtel neben Schachtel, Korb neben Korb. Auch ausländische Kleidungsstücke verschwiegenster Art bedeckten sein Bett. Der strenge Duft der Zwiebel erfüllte das enge Gemach. Und schlechthin nichts war imstande, den asiatischen Mann aus dem Schlummer zu wecken: er hielt seinen Mund weit offen wie ein Geschützrohr und schnarchte mit so tieforgelnder Gewalt, wie ähnliche Töne der Altertumsforscher vordem niemals in Natur und Geisteswelt vernommen hatte.

Endlich kam die Nacht, in der das gewohnte Knarren und Schliefen der Holzplanken plötzlich aufhörte. Schlaftrunken richtete sich Stellach auf. Dicht neben seinem Lager befand sich das runde Kabinenfenster. Die See war unruhig. Wellenspritzer kamen bis zu ihm ins Bett, und doch mußte das Schiff auf einer Reede liegen: in der Entfernung glänzte eine gelbe Lichterkette. Von Deck waren verworrene Rufe zu hören, klappende Schritte. »Das ist Brindisi«, sagte Stellach und schlief wieder ein.

Am anderen Morgen begann zunächst das übliche endlose Warten. Es geschah gar nichts. Dann betraten die Ärzte das Schiff, befühlten die Drüsen der Passagiere, die an Land wollten und stellten fest, daß hinsichtlich des Doktor Stellach ein Verdacht auf Einschleppung von Beulenpest nicht bestünde. Auch die Prüfung der Papiere überstand Stellach und freute sich auf ein ergiebiges Frühstück in der Stadt. Nur nach Postsachen wollte er vorher noch in der Agentur fragen. Das war leichtsinnig gehandelt. Der Beamte überreichte ihm zwar nur ein Schriftstück, aber das war eine Depesche, welche leider nicht nur die Glückwünsche der Heimat enthielt, sondern das Ersuchen, auf kürzestem Wege nach Hause zu eilen, um gleichzeitig mit der Eröffnung des neuen Saales die neue Statue in einer großangelegten Rede zu weihen und zu würdigen.

Stellach reiste. Er reiste und schrieb. Auf einer Umsteigestation saß er nachdenklich vor einem ansehnlichen Stoß weißen Papieres. Gewissenhaft benutzte er jede Stunde und jeden Ort zur Ausarbeitung seiner Rede. In Athen hatte er geglaubt, Hofrat von Schlaub sei eine schwere Prüfung für ihn gewesen. Dann hielt er den schnarchenden Meerschaumhändler für eine noch härtere Prüfung. Jetzt aber sah er, daß es leichter war, mit Schlaub zu kollegialem Vertrauen, leichter sogar, mit dem Mann Kebab nach Ruhla als mit Aphrodite in eine wissenschaftliche Erörterung zu kommen. In den Aufregungen des Findens, Verlierens, Wiederfindens und endlich des Fortschaffens hatte er die Einzelheiten der Statue viel zu wenig beachtet, um jetzt lichtvolle Ausführungen von sich geben zu können. Auf geradem Wege eilte Stellach nach Norden und würde wahrscheinlich trotz aller Hetze den Saal nur ein paar knappe Stunden vor dem erwartungsvollen Hörerkreis betreten können. Mit schweren Bedenken sah er die vielen weißen Stellen in seinem Schriftstück, die alle im letzten Augenblick noch vor der Statue selbst ausgefüllt werden mußten. Mißtrauisch betrachtete Stellach seine ehrenvolle Schreibtätigkeit. Er bekam beinahe Heimweh nach dem gefährlichen Gelage in der Schenke am Theseion, ja, nach dem schnarchenden Mann in der Kabine. Wie der Anblick des sicheren Hofrats am Theseion, so hätte ihn auf dem Schiff das Beispiel des Mannes Kebab aufrichten müssen, der gelassen zum Ausdruck brachte, daß *ihn* überhaupt niemand störe – das Übrige sei Sache der anderen. Der Mann Kebab war, wo er sich auch befand, immer in Eski-Schehr, Hofrat von Schlaub war immer bei sich, aber Stellach geriet, je nördlicher er kam, immer mehr außer sich. Daß die Eigenschaft der Unstörbarkeit nicht aus der Heimat des Meerschaums kommt, sondern aus einem wohlgegerbten Herzen, hätte er schon in der Schenke am Theseion lernen können. Schlaub vermochte sich heute behaglich übers Kinn zu streichen: »Glück, Glück – um ein Haar, und ich hätte sie auf dem Halse gehabt.«

Sie aber, die in Wahrheit eine Gottheit war, hatte in seinem Schlafzimmer gestanden eine Nacht, einen Tag und noch eine Nacht, und Aphrodite hatte auf den Mann Schlaub herabgelächelt ...

Auf einem Sockel aus herrlich geädertem Marmor stand in der Mitte des weiten leeren Oberlichtsaales als einziges Bildwerk dieses Raumes das Erzweib.

»Nur noch fünf Minuten, Herr Doktor«, sagte der Diener, der von Zeit zu Zeit die große Flügeltür spaltbreit öffnete und in den Vorraum lugte, »die Halle steht schon ganz voll Menschen.«

Stellach sah nicht auf. Er saß gebückt auf einer vor der Statue aufgestellten Bockleiter, die zwei Diener hielten. Bei den Füßen der Figur hatte Stellach mit seinen Beobachtungen begonnen. Immer höher kam er. Schon stand er auf der vorletzten Sprosse der Leiter. Aber noch sieben Punkte waren zu klären.

»An der Schulter Reste ehemaliger Vergoldung«, murmelte er und schrieb mit fliegender Hand. Er blätterte um: »Halsnaht? Ja – nein: unter der Patina unkenntlich, aber zweifellos nicht vorhanden –«

»Vorsicht, Herr Doktor« – seines Lebens nicht achtend bewegte er sich auf der Leiter wie auf festem Boden. Die Diener mußten die schwankende Stiege mit beiden Händen festhalten. Jetzt stand Stellach ganz oben.

»Nun rasch die wichtigsten Einzelheiten des Kopfes«, sagte er sorgenvoll vor sich hin. An dieser Stelle seines Schriftstückes befanden sich die größten Lücken. Er setzte den Bleistift an, beugte den Kopf vor. Setzte den Stift ab – sah gebannt in das lächelnde Antlitz nahe vor ihm –

»Zwei Minuten noch«, mahnte der Diener an der Tür.

»Aphrodite ...«, flüsterte Stellach. Er schrieb nicht. Dieses Wort stand ja auch längst auf seinem Papier. Reglos sah er das erzene Haupt an.

»Nun ist's Zeit.«

Stellach hörte den Diener nicht. »Das Herdfeuer ...« – er atmete tief – »wie es in ihren Augen spiegelt – hier bin ich, Herr – woher kennst du mich –«

»Die Leiter muß fort!« riefen die Diener.

Stellach fuhr auf, schüttelte sich. Zum Träumen war jetzt wahrlich keine Zeit: »Nur einen Satz noch«, sagte er abwehrend, »die Kinnlinie –«

Plötzlich hielt er inne, sein Mund öffnete sich. Er starrte das Kinn an. Er hob die Hand, griff nach dem Haupt des Erzweibes, zog die Hand wieder zurück – aber mit zitternden Fingern tastete er doch: da ... die Narbe am Kinn ...das ist –

»Helena!!« schrie Stellach.

Klatschend fiel das Manuskript auf den Marmorboden. Er schwankte, griff ins Leere, faßte nach der Schulter der Statue, nach ihrem Arm. Die Leiter fiel. Ein Diener fing sie auf, der andre packte Stellach, welcher an dem Erzweib herabglitt, neben ihr auf dem

Sockel stand. Sein Frack hatte sich verschoben, die Hemdbrust war aufgerissen. Er bot neben der Göttin kein gutes Bild. Er rührte sich nicht, sah in das lächelnde Antlitz über ihm, hob seine Hände, beide Hände nach ihr –

Ein Diener hatte die Leiter weggebracht. Mit Gewalt zog der andre den verstörten Mann von dem Sockel, auf den er nicht gehörte. Er zupfte an Stellachs Frack, rückte ihm die Halsbinde – unbeweglich starrte Stellach in das lächelnde Antlitz – die Flügeltüren öffneten sich. Das Publikum strömte in den Saal. Es summte, rauschte. Der Diener flüsterte Stellach etwas ins Ohr. Ein Herr mit breitem Ordensband trat auf ihn zu. Aus unendlich weiter Ferne klangen Worte in Stellachs Ohr, Worte, die er nicht verstand. Das Meer rauschte leise, schwoll, verschlang die Worte, brach donnernde Wellen – Helena lächelte ihn an –

Glück, hatte der mit den Orden gesagt – Glück? . . .

Das Publikum sah sich fragend an.

»Man kann es verstehen. Es überwältigt ihn: ein solcher Fund!«

Jemand drückte ihm das hingefallene Manuskript in die Hand. Und Stellach begann seine Rede. Mühsam las er Wort für Wort ab. Das Reden strengte ihn an. Aber die vielen Glückwünsche zulegt überwältigten den jungen Gelehrten offenbar. Am Ende der Feierlichkeit war er seiner kaum mächtig. Man brachte ihn zu einem Wagen.

Reglos lag Stellach in Kleidern auf seinem Bett. Er hatte die Augen offen und sah gradaus. Es wurde Nachmittag. Abend. Es wurde Nacht. Mondlicht fiel in seine Stube. Der Strahl traf seine Augen:

»Aphrodite« – jetzt sprach Stellach sein erstes Wort seit der Lobrede auf die Statue. Und nun sein zweites: »gefälscht –«.

Stellach erhob sich. Ging aus dem Haus, durch Straßen, über Plätze. Jetzt stand er vor dem Museum, wollte die breiten Treppenstufen hinauf – er besann sich. Es war Nacht. Stellach ging um das Gebäude herum. Ein Seiteneingang führte zum Pförtner. Er klingelte, pochte, klingelte. Endlich kam der Mann.

»Aber – Herr Doktor –«

»Schließen Sie mir den Oberlichtsaal auf. Ja, es tut mir leid. Aber ich muß hinauf.«

So merkwürdig dieses Verlangen war – der Pförtner konnte es dem Doktor Stellach heute an seinem Ehrentage nicht wohl abschlagen. Sie kamen an die große Tür.

»Lassen Sie mich allein zu ihr«, bat Stellach.

Er trat in den Saal. Der Mond kam eben über das Glasdach. Langsam näherte sich das Licht. Ihre Schulter glänzte, ihre Brust. Jetzt stand sie ganz im silbernen Licht. Auf den Zehen trat Stellach näher.

Strahlend stand das Erzweib im Saal. Lächelnd.

»Falsch? . . . Es kann nicht sein. Ich kenne alle Umstände des Fundes .. nicht falsch« – der Mond wandelte langsam weiter, Glied um Glied der Göttin versank in Dunkelheit. Nur ihr Haupt schimmerte noch. Stellach faßte zaghaft den Körper an. Kühl, köstlich kühl. Er umfaßte ihre Knie mit beiden Armen. Über ihm leuchtete das Haupt der Göttin. Stellach ließ sie nicht, klammerte sich fest an sie:

»Helena« – er drückte seine schmerzende Stirn an ihr erzenes Bild – »Aphrodite selber . . . als ein Weib am Herdfeuer. Und ich war bei ihr in der Argolis. Eine halbe Nacht lang. Und einen halben Tag . . .«

An den zarten Sandsaum des Ufers von Sunion spült das traubenblau und purpurn streifige Meer schaumlose Wellen. Jäh und furchtbar steigt nahe dem schlafenden Hafen der braune Fels des attischen Kaps in die Höhe und hält die Tempeltrümmer des Gottes der Meere weißglitzernd mitten in den dunklen Zenith der Himmelsglocke hinein.

Ruhevoll atmet das warme Meer.

Über tredition

Eigenes Buch veröffentlichen

tredition wurde 2006 in Hamburg gegründet und hat seither mehrere tausend Buchtitel veröffentlicht. Autoren veröffentlichen in wenigen leichten Schritten gedruckte Bücher, e-Books und audio-Books. tredition hat das Ziel, die beste und fairste Veröffentlichungsmöglichkeit für Autoren zu bieten.

tredition wurde mit der Erkenntnis gegründet, dass nur etwa jedes 200. bei Verlagen eingereichte Manuskript veröffentlicht wird. Dabei hat jedes Buch seinen Markt, also seine Leser. tredition sorgt dafür, dass für jedes Buch die Leserschaft auch erreicht wird.

Im einzigartigen Literatur-Netzwerk von tredition bieten zahlreiche Literatur-Partner (das sind Lektoren, Übersetzer, Hörbuchsprecher und Illustratoren) ihre Dienstleistung an, um Manuskripte zu verbessern oder die Vielfalt zu erhöhen. Autoren vereinbaren direkt mit den Literatur-Partnern die Konditionen ihrer Zusammenarbeit und partizipieren gemeinsam am Erfolg des Buches.

Das gesamte Verlagsprogramm von tredition ist bei allen stationären Buchhandlungen und Online-Buchhändlern wie z. B. Amazon erhältlich. e-Books stehen bei den führenden Online-Portalen (z. B. iBookstore von Apple oder Kindle von Amazon) zum Verkauf.

Einfach leicht ein Buch veröffentlichen: **www.tredition.de**

Eigene Buchreihe oder eigenen Verlag gründen

Seit 2009 bietet tredition sein Verlagskonzept auch als sogenanntes "White-Label" an. Das bedeutet, dass andere Unternehmen, Institutionen und Personen risikofrei und unkompliziert selbst zum Herausgeber von Büchern und Buchreihen unter eigener Marke werden können. tredition übernimmt dabei das komplette Herstellungs- und Distributionsrisiko.

Zahlreiche Zeitschriften-, Zeitungs- und Buchverlage, Universitäten, Forschungseinrichtungen u.v.m. nutzen diese Dienstleistung von tredition, um unter eigener Marke ohne Risiko Bücher zu verlegen.

Alle Informationen im Internet: **www.tredition.de/fuer-verlage**

tredition wurde mit mehreren Innovationspreisen ausgezeichnet, u. a. mit dem Webfuture Award und dem Innovationspreis der Buch Digitale.

tredition ist Mitglied im Börsenverein des Deutschen Buchhandels.

Dieses Werk elektronisch lesen

Dieses Werk ist Teil der Gutenberg-DE Edition DVD. Diese enthält das komplette Archiv des Projekt Gutenberg-DE. Die DVD ist im Internet erhältlich auf **http://gutenbergshop.abc.de**